白色盛宴

白い宴

[日] 渡边淳一 著

郭曙光 译

青岛出版集团 | 青岛出版社

简体中文版通过渡边淳一继承人经由 OH INTERNATIONAL 株式会社授权出版

山东省版权局著作权合同登记号　图字：15-2017-237 号

图书在版编目（CIP）数据

白色盛宴 /（日）渡边淳一著；郭曙光译 . -- 青岛：
青岛出版社 , 2025. -- ISBN 978-7-5736-2932-6

Ⅰ . I313.45

中国国家版本馆 CIP 数据核字第 2025D27X06 号

BAISE SHENGYAN

书　　名	**白色盛宴**
著　　者	[日]渡边淳一
译　　者	郭曙光
出版发行	青岛出版社
社　　址	青岛市崂山区海尔路 182 号（266061）
总部网址	http://www.qdpub.com
邮购电话	0532-68068091
策　　划	杨成舜
责任编辑	杨松霖
封面设计	末末美书
照　　排	青岛可视文化传媒有限公司
印　　刷	青岛双星华信印刷有限公司
出版日期	2025 年 3 月第 1 版　2025 年 3 月第 1 次印刷
开　　本	大 32 开（890mm×1240mm）
印　　张	6.75
字　　数	150 千
书　　号	ISBN 978-7-5736-2932-6
定　　价	49.00 元

编校印装质量、盗版监督服务电话　4006532017　0532-68068050

本书建议陈列类别：日本·畅销·小说

第一部

一

　　兰岛海岸位于北海道西部，是一片面向日本海的海水浴场。这里位于札幌西南四十九公里处，距小樽市十八公里。

　　这片海水浴场是个被北端的兜岩和南端的畚部岬环抱的小海湾，沙滩全长不到一公里半。不过，这里有着平缓的浅滩，和远胜札幌到小樽之间海水浴场的清澈水质。沙滩中间宽达五十米，往东西两端逐渐变窄，两端被岩石阻断。

　　北头岩壁是由缓坡丘陵延伸入海而成，前端形状如古代被称作"兜"的头盔，故此得名"兜岩"。过了这个岬角就能到达以那首《拉网小调》而闻名于世的忍路。由此开始，接下来的盐谷、高岛、小樽，便是昭和初年以前盛产鲱鱼的地方，保留至今的鱼商豪宅依然透射出昔日捕鲱盛景的雪泥鸿爪。

　　南端的岩壁低矮，宽不到一米的兰岛川从其前面蜿蜒入海，前端凸出部分称为"畚部岬"。到此为止都属于小樽市的范围，再往前便是盛产苹果并以威士忌产地而闻名的余市町。站在沙滩上就能看到环抱着余市的尻尾岬，再往远便是积丹半岛的海岸线，在浓淡相间的阴影下延伸着。

从兰岛沙滩向里纵深三百米的国道五号线几乎与海岸线平行，再向里五十米靠山的地方还有国铁函馆线与之并行。国铁兰岛站位于沙滩中央向南一公里处，从该站到国道之间的南北两三个路段是该镇的中心街道。虽说这里是海边小镇，但沿岸的礁石附近只能捕到一些海胆和鲍鱼，单靠打鱼维持生计的人家只有四五户，大部分人都去小樽打工了。

除了每年的海水浴季节以外，这一带都是恬静的乡村，只有农田和葡萄园。每到七月初，海岸边就会出现三十多家专门接待海水浴客的店铺，国道沿途一下子就会冒出各种各样的酒吧和弹子球店。

论车程，从札幌到这里不过一个半小时，从小樽来也只需二十分钟。不过，这里到最旺季节，周日顶多也只有七八万人，平日也就一万人上下，远不及札幌近郊的那些海水浴场。虽然都知道兰岛的海水和沙滩很干净，但是札幌人还是会去开车十分钟可达的大滨和钱函等海水浴场，离小樽更近的还有朝里和熊臼那些海水浴场。因此，平日里去兰岛的人不是学生，就是公司组织的团体。

八月七日上午九点，江口克彦从兰岛海滩北边靠近忍路一侧的露营地里一座白色的三人帐篷里钻出，来到海滩上。虽然薄薄的云层遮挡住了太阳的直射，但纹丝不动的热浪还是预示着白天的炎热。

七点钟他醒来的时候，原本风平浪静的海面已经微微泛起了波浪。气温上升至二十三度，赤裸的脚底能感觉到沙子的热度，不过有微风从海上徐徐吹来，因此并不觉得特别热。

"不去游泳吗？"

克彦朝着正躺在帐篷里听收音机的泽田研一问道。泽田和克彦都是东京 R 大学四年级的学生，两人同岁，都是二十一岁。

"刚刚吃过早饭，不急，再等会儿吧。"

泽田手捧着便携收音机出了帐篷。

克彦有些迫不及待地做起了准备活动。

他身高一米七二，体重五十九公斤，身材瘦削，看起来显得有些单薄，但充满着学生的青春气息。他的腹肌明显，四肢肌肉发达，没有半点赘肉，长方脸型，面容清秀，皮肤白皙，令男孩们羡慕不已。三天露营下来，过度曝晒使得他白皙的皮肤泛出了特有的紫红色晒痕，双肩和鼻尖处都已经有部分晒脱了皮。

只见他先是伸展双臂，然后将身子右倾，接着左倾，交替做着肢体伸展运动。重复几次相同动作之后，他又开始活动起两只手腕，同时将脚尖单点在沙滩上反复扭动着脚踝。

虽然沙滩上已经有近千人，但来到浴场的客人还是络绎不绝。

克彦左右摆了摆头，然后高举双臂，用力后仰，接着在原地使劲儿前屈。霎时间他感觉一阵眩晕袭来，瞬间天海逆转，沙滩逼近眼前。他稍微屏住呼吸，凝望着大海，做了两个深呼吸，头晕顿时消失了。

"活动得太猛了。"克彦一边自言自语，一边回头看着泽田。

此刻泽田正坐在两米后的沙滩上听着广播。

"北海道各地处于从本州海上由南向北扩张的高压范围内，大部分地区天气晴朗。从下午开始西部有少云，天气开始闷热。七日全天处于高压控制之下，天气晴朗，然而由于从本州沿海向黄海移动的低压槽临近，后半天将开始转阴。随着这个低压槽的通过，八日大部有雨，部分地区从七日夜间开始降雨。"

天气概况之后是小樽地区的天气预报。

"今日南风，晴转阴，夜间有阵雨。明日南风转北风，多云转阴，有阵雨，海上伴有风浪。"

听完后，克彦再次轻轻做起了屈伸运动，但没感觉眩晕。

"走吧！"

"哦，我马上去。"

泽田精神抖擞地站起身，回帐篷放下了收音机。

克彦往耳孔里蘸些唾沫，边做着深呼吸，边朝大海走去。海浪推着海水开始从脚尖一点点淹没到了他的脚脖子。此刻在他的身旁有两个孩子正在用铲子挖着湿沙，将涌来的海水蓄成水池。

早上的海水格外凉。往里二十米走到海水齐胸的地方，两人用海水浇过头，一路蛙泳游向海中。克彦并不太擅长游泳，自由泳刚游出二十米就开始气喘吁吁。不过，如果悠然自得地蛙泳的话，游上个二三百米是不成问题的。

游出三十米的时候，他们感觉脚尖触到了一股与表层海水不同的冷流，与波浪反向，是一股朝海中退去的暗流。两人各自在附近继续畅游。

一个小时之后，两人身上裹着毛巾横躺在帐篷前的沙滩上。沙滩上的人越来越多，他俩甚至能听见不远处传来休息处女店员招揽客人的喊声。

"今天是几号了？"

"七号吧。"泽田答道。

"星期三了。"

克彦依稀记起，从札幌出来野营是星期一，今天是第三天，该打道回府了。

"几点回去？"

"三点钟走怎么样？"

"坐巴士正好。"

他想起了自己久违的家。看到自己的脸晒得如此黑红，妈妈和妹妹肯定会大吃一惊。过了一个钟头，两人再次下了水。此刻海滩上的游客人数看上去超过了五千。平日的午后差不多也就这么多。

这次两人朝着右手边的岩壁附近游了过去，那里的涛声特别激烈。有五六个人聚集在岩石堆上，不过没采到什么值得采集的东西。

"该上岸了吧？"

泽田游到能站起身的地方说道。这时候太阳穿云而出正好当头，耀眼的阳光在海面上反射着。

"现在几点了？"

"快到晌午了吧。"泽田一边在浅滩上行走一边答道。

"再也不会有这样无忧无虑畅游大海的机会了。"克彦望着海滩感叹道。

"就算毕了业，想来还可以再来嘛。"

"一参加工作根本就别想了。"

说话间克彦回想起出发来此前一天的周日结束的 S 市政府招聘考试。

"那，我回帐篷等你。"

"我再去游一会儿就走。"

点头间，泽田看到克彦的嘴唇已经有些发白。

二

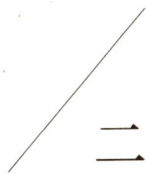

过了十二点，沙滩上吹起了微风。在海边定睛一看，海浪正在以单一的节奏从海上不断涌来，而整个大海也在剧烈地起伏着。太阳隐入了云层里，让人愈发感觉闷热。

这时候，在忍路一侧的礁石往南一百米的地方，有一个中学一年级模样的少年正在离岸三十多米的海上游泳。少年看上去像生长在海边的孩子，只见他仰着被太阳晒得黝黑的脸，也不用手划水，保持着仰泳的姿势浮在海面上。海浪扑来，少年的身体一下子浮上浪尖，旋即又被拖进了谷底。这时，少年用手划了两下，双脚一蹬，换成了蛙泳姿势。

一瞬间，少年的右脚尖感觉到一股缓慢的抵抗。他感觉不对劲儿，换成了踩水姿势。这时又一股新的浪潮袭来。当海浪接近眼睛高度时，眼前的海水变成了蓝黑色，他看见一个黑色的长条状物体从水中浮上来，并随着波浪朝少年猛力袭来，眼看就要靠到他的肩膀上。此刻他看见附着在上面的黑色头发也在随着波浪的起伏左右摇摆。

"是人……"

霎时间少年倒吸一口凉气，两只细长的手臂像海藻一样在水中摇晃。他想呼喊，可嗓子眼像是被塞住一样，干着急发不出声音。最后，他手忙脚乱舞动四肢，向着十米外的一条小船游过去。

船上有两个人，一个三十岁上下，另一个像高中生。两人划桨累了，正躺在甲板上歇息。

"大叔！大叔！"

听见两声呼叫，船头的男人站起身。

"有人溺水了！"

"什么？有人溺水了？"

"在那里！"

少年面色苍白，右手指着十米外的海面。

两人到达少年指示的地方，看见一个溺水的人俯身朝下浮在水中。见此情景，船上的两个人先后跃入水中。海水的深度到了高中生的下颚处，但是他试了几次都没能站起身露出头。于是只好一人托着头部，一人举起臀部，好不容易才把溺水者弄上了船。从这里到海滩还有三十多米的距离。

十分钟后，两人总算把溺水者抬上了滩头离海三米的地方。游泳的浴客呼啦一下围拢上来，其中一个人朝着红十字会救护队的小屋飞奔而去。

溺水者穿着蓝色的泳裤，腰绳已经断了，泳裤垂到了大腿处。他面呈土色，脸上布满了指甲和沙砾划破的伤痕，眼睛半睁着，眼白泛红。他留着个运动头，头发全都竖着，里面密密麻麻嵌满了沙粒和沙虫。

"赶紧挖个坑。"

船上的那个男人看上去三十岁上下，是兰岛的渔夫。围观的高中生和浴客们按照他的要求一起动手挖起来，很快就挖出了一个直径大约有五十厘米的沙坑。

"把他的头放到沙坑上，脸要朝下。"

大家照着他的吩咐，把溺水者的身体向右横着倾斜俯卧在地上，脸朝下把整个头按进沙坑里。溺水者的背上沾满了湿沙，布满了无数擦破的划痕。渔夫当即骑了上去，用双手从背后按压他的肩膀。每按压一下，他的头就会跟着摇晃一下，口中冒出泡沫和海水。反复几次后，他们再次把溺水者反过来仰面朝天。只见他满脸都是吐出的海水和沾上的沙子，弄得连鼻眼都难以分辨。

"有毛巾吗？"

渔夫的话音未落，人群递上了一条毛巾。渔夫开始拿毛巾擦拭溺水者的胸腹，高中生拂去了粘在溺水者脸上的沙子。等擦拭完沙子，人们才看清溺水的是一位二十来岁的青年。渔夫顺势用毛巾盖住他的下半身，然后骑在他的肚子上开始心脏按压。

"有脉搏吗？"

渔夫连续用力在他的胸部按压了三次之后问高中生。

"看样没有。"

"赶紧口对口往里吹气！"

听到吩咐，高中生又仔细审视了一眼溺水者，然后狠下心紧闭双眼吸满了一口大气。

"一定要把嘴对紧喽！"

高中生蹲下身鼓起腮帮子，把自己的嘴压在了溺水者的嘴上。

"好！"

渔夫话音一落，高中生竭尽全力地吐出了这口大气。一瞬间，空气猛然灌入，溺水者的胸部微微有些隆起。

"就照这样，再做几次。"

渔夫的头发垂在额前，一边不停地做着心脏按压，一边指挥。在溺水者脚下一侧，一名穿着条纹泳裤的男子和一名穿着衬衣的中年人，正用毛巾裹着溺水者的双脚，不停地按揉着。

围观的人墙已经超过了五十人。其中还有一些年轻妇女和孩子战战兢兢地用余光偷偷地看。

"救护队的人来了吗？"渔夫一边做着心脏按压，一边冲着人墙问道。

"该来了吧。"蹲在前排的一个男子站起身答道。

那个高中生依然一刻不停使劲猛吸着气往溺水者的嘴里吹送。给人感觉，这位高中生就像一台专门送气的机器。正在不停做着心脏按压的渔夫使劲左右甩着头，力图甩掉额头上的汗珠。

"来了！来了！"

约莫又过去五分钟后，人墙外传来了呼喊声。三名警官和戴着臂章的救护队医生们上气不接下气地赶了过来。

"怎么回事？……"

"大约十分钟之前，就是在那里浮上来的。"渔夫满头大汗面向警官。

"十分钟了，怎么样，大夫？"

被人称作大夫的那位男子先是摸了摸溺水者右腕的脉搏，然后把听诊器搭在溺水者的胸口听了起来。就这样，四周的人也都鸦雀无声，心里期盼着溺水者的心跳复苏。

过了一会儿，那位年轻的医生收起听诊器，微微歪了歪头。他穿着一件开襟白大褂，看上去也就二十四五岁。

"没心跳了。"

"不行了吗？"

年轻医生一边缠着听诊器，一边点点头。众人又都再次回身俯瞰仰卧在沙滩上的溺水者。只见溺水的青年脸色晦暗，仰面朝上，只有鼻梁显得格外惨白透明。

"总之，尽力而为吧。"

"就算现在叫救护车，他们也不会为死人来的。"警官说道。

"给我叫救护车！"年长的村井巡警给身旁的木村巡警下完命令，然后脱去制服骑在青年身上。救护队员拧开氧气瓶，把氧气管插进了青年的右鼻孔里。

年轻医生再次试着摸了摸青年的脉搏，结果跟上次一样，没有一点反应。他拽起垫在青年头底下那条毛巾的一端，擦了擦青年的睫毛。但是青年依然双眼紧闭，纹丝不动。

"有谁认识这位小伙子？"另一位巡警环视着人墙，问道。

"看上去他像个学生。"

"我看八成是来宿营的。"休息处的主人说道。

"不会是一个人来的吧？"

巡警把目光投向右边的宿营地。在沙滩到陆地之间的操场小高地上，可以看到十几座白色或黄色的帐篷。除了泵场前面有一个人在打水之外，周围不见别的人影。

过了十分钟，日野接替村井继续进行心脏按压。但是青年的状态丝毫没有改变。尽管不停地驱散，那些沙虫还是不断在青年头部和下肢的汗毛周围聚集着。期间也有素不相识的人轮流垫着毛巾为青年的按揉下肢。

"是溺水的吧？"突然，一个头戴草帽的中年男子分开人墙，探身问道。"我是小樽疗养所的医生……"自报家门的男子在溺水者的身旁蹲下身来。

"你看怎么样？"

面对村井的问话，这位医生先是摸摸脉搏，然后抓起旁边的听诊器听了起来。这时日野停下按压胸部的手，注视着这位医生。

"有些够呛呀……"停了一会儿，他抬头说道。

"还是不行吗？"

医生默默地点点头，收起了听诊器，又观察了一会儿溺水者，然后分开人群离开了。围观的人鸦雀无声，面面相觑。

"救护车到来之前，无论是死是活，抢救不能停下。"村井有点生气地说。

日野再次开始了心脏按压。

太阳破云而出，刺眼的阳光洒满了整个海滩。一瞬间，青年的脸上浮现出些许红晕，大概是光的缘故。现在是十二点四十分了。上岸已经二十分钟了。围观的人群增加到了一百多人，有闻讯赶来的，也有沮丧而归的。溺水青年的情况依然没有半点变化。

"打一针，看看行不行？"

守在最前列的一位上了年纪的人说道。

经过这番催促，年轻医生又架起了听诊器。可是，当初还觉得隐约能听到的心跳音，到这会儿一点也听不到了。这种状态下注射的效果如何，他心里半点儿底也没有。

"注射器是消过毒的。"

听了救护队员这番话，年轻医生无可奈何地打开了急救箱。急救箱里装了近二十支针剂，不过都是些解热的、止痛的、疲劳恢复的。

强心剂倒是有氧化樟脑和双吗啉胺两种，不过双吗啉胺他还从来没给人打过。

"怎么样？"救护队员再次催促道。

尽管心里明白注射根本无济于事，但他还是把药液抽入了针筒里。针头扑哧一下就扎进了青年的胳膊，没有半点刺痛所引起的痉挛，就跟给死人打针一个样。

做心脏按压的又由日野换成了木村。这时，太阳又隐入了云层，云遮的阴影洒落在了海滩上。

"真的没人认识这个人吗？"村井再次环视着围观的人群问道。

大家你看我我看你，没人应声。他又拿出笔记本走近从海上救人的渔夫和高中生。

"发现的时间是十二点二十分左右吧？"

"大概是吧。"

两个人乘船在海上，时间不可能把握得那么准。

"没错，你们的船回来的时候，他正在听收音机里的十二点的整点新闻。"租船店的男老板作证说。

"是你们俩最先发现的吗？"

"不，最初是个中学生模样的男孩告诉我们的。"

"什么样的男孩？"

"刚才我找了一圈也没找到。"高中生紧盯着警官手里的笔记本答道。

"他是一个人来的吗？"

"我觉得不是。"租船店老板判断道。

"从十一点开始那一带就有两个人在游泳。"一个穿黄色泳裤的年轻人用手指着礁石那边说道。

可是，没有一个人说得清楚。

估计此刻沙滩上的人有五六千了。不过，大概是出了溺水事故的缘故，下海的人寥寥无几，大部分人都是泡在齐腰深的水里而已。出了溺水事故，整个海滩看上去沉寂了许多。

村井巡警在笔记本上做了记录：

发现时间：中午 12 点 20 分。

发现地点：兰岛海岸忍路一侧东 200 米处、离岸 30 米的海中，该处水深约为 1.5 米。

发现者：中学生？姓名不详，在上述地点游泳时发现，告知了附近的小船。

救助者：广川政夫，33 岁，住小樽市兰岛町 25，渔民；大田乔，18 岁，住兰岛町 28，小樽商业高校的学生。

"大夫贵姓？"村井巡警询问刚才在用听诊器寻找脉搏的年轻医生。

"K 医大，医学系四年级学生，"

他停住话语，等待对方记录完。

"中林敬三，二十五岁。"

"是红十字会救护队的志愿者？"

"是的。"医大学生面无表情地点了点头。

"还有一位大夫呢？"

"刚才回去了。"

村井放眼左右巡视了整个海水浴场也没能找到目标。

"他自己说是小樽疗养所的医生。"

他一边说一边在笔记本上记录着相同的内容。

"您是？"巡警问那个身材微胖的男子。

"我没啥可介绍的……"

"请您介绍一下姓名。"

"西冈亮，三十一岁，在这里开租船店。"男子有些不好意思地低声答道。

木村不停地做着心脏按压。他的双手每按压一下，就会有混杂着气泡的海水从青年的嘴里涌出流下。虽然救护队员不停地擦拭着，但过不了两三分钟，嘴周围很快又积满了沫子。那位医大学生好像一下子想起了什么，再次拿起听诊器听了起来。

"怎么样？"

他没有应答，只摇了摇头。围在四周的人大失所望，唏嘘不已。

这时候国道方向传来了救护车的鸣笛声，大家呼啦一下回身循声望去。

救护车从国道拐下，沿着沙砾混杂的小路，朝着沙滩一路颠簸飞驰而来。车后跟着一辆摩托车，车手是个小青年，像是跟着来看热闹的。救护车一到沙滩上便停下，当看到浴客们挥手示意后，又一下子转向朝右。车前消防署的圆形徽章清晰可见。

人群呼啦一下分开，救护车在离横卧在地的溺水者后两米地方停了下来，车的后箱盖立刻开启，担架卸了下来。

"有脉搏吗？"

坐在副驾驶位子上的男子扯着奇怪的嗓音问道。

"我们想尽了办法抢救，不过……"说到这里，村井的语音有些混沌。

"过了多长时间了？"

"有四十分钟了吧。"

村井看了看手表，现在正好是一点钟。救护车上共配备了三个人，除了司机以外，还有两个救护员。三人看了看溺水者，又回到担架旁。

"先借这个氧气瓶用一下，行吧？"

"是红十字会的。"

"知道了。今天不会再有人溺水了吧。"一个穿着白大褂的圆脸男子笑道。

溺水的青年被抬上担架，身体立刻裹上了一条新毛毯。人群后退，闪出了一条道。溺水者躺在担架上，在夏日的阳光照耀下愈发显得苍白。

"那，我们走了。"

担架搬运完毕，圆脸的男子向巡警说道。

"还有谁上车？"

"大夫，请上车。"村井招呼站在一旁的那位医大学生。

中林点点头，迅速从后门上了车。

"好。"

"拜托了。"

巡警和救护队员列队行礼。车顶的红灯旋转起来，救护车再次鸣起警笛，卷着沙砾消失在海滩的尽头。

人们一下子像泄了气的皮球，面面相觑，不知如何是好，刚才还在心急火燎地等待着救护车，车到后又一通七手八脚的忙碌，旋即车走后，不由生出一股人去楼空般的孤寂。多达百余人的看客逐渐向沙滩散去。唯有太阳依旧高悬在头顶。

村井这才记起自己的制服还扔在沙滩上。他穿的是半袖衬衣，腋窝早已被汗水浸湿了，穿起来让人感觉不舒服。他的右侧是那个五十厘米直径的沙坑，旁边的沙地上朝海方向还残留着一个深色的人形。这是从十二点二十分到一点钟这四十分钟时间里那个溺水青年仰卧在此留下的痕迹。他拎起衣服，不慌不忙地系上纽扣，然后用右脚拢着沙子，开始填埋那个沙坑。

"能救活吗？"日野擦着汗走过来说。

"不知道。"

"反正医生说不行了。"

一边说着，日野也用同样的方法开始填埋沙坑。

救护车时速八十公里。

听到救护车的鸣笛，前方的车纷纷靠左让出了道路。道路铺装良好，几乎觉不到颠簸。

救护车上，圆脸男子继续做着人工呼吸，另一个年轻人支撑着氧气瓶。医大学生中林一言不发，默默地注视着溺水者。

国道出了忍路的山路之后向左转了个大弯。左手是一片低矮的丘陵，路旁到处可见木栅围起来的葡萄园。

"大夫，现在去能登医院……"司机对中林突然说道。

说来也巧，放暑假以来中林便隔日去小樽的能登医院打工。进入八月后，白天他就在这个兰岛海水浴场临时设立的救护站值班。

"今天能登医院不是指定的急救医院吧。"

"不过能登医院是不错的医院。"司机辩解似的说道。

能登医院是小樽车站附近一家历史悠久的医院。院长年近六旬，是内科专家，这里的外科全靠札幌大学支援。医院床位有一百多张，规模在小樽的私人医院里位列第二。

即使不是指定日期，也经常有急诊患者被送进能登病院。这里内外科一应俱全，位置也很方便，不过也有不顾路途遥远从大医院直接送过来的病患。

中林心知肚明，这是院长为了让他们多送患者来而平时给他们送些香烟等小恩小惠起的作用，只不过司机嘴里的理由听起来生拉硬扯，有些可笑。

经过忍路、桃内、盐谷，一路沿岸，海滨和隧道交织连绵。车窗外，午后的大海在薄云笼罩之下波光朦胧。过了盐谷之后，那个年轻人替换下圆脸男子开始了新一轮的心脏按压。

救护车穿过道路两侧排列的汽车修理厂和老旧的木屋学校，驶入了小樽街道。五号国道线沿着海岸细长延绵，纵贯整个小樽市区。右手一侧靠山，房屋分布呈阶梯状，鳞次栉比，一直连接到半山腰；左手一侧是个大斜坡，通向大海。听到警笛声，准备驶入国道的车辆全都停在了交叉路口前，人行道上的行人也纷纷驻足观望，目送救护车疾驰而过。

"快到了。"

道路向左转了一个大弯，前方出现一座过街天桥。到了一个拐角的加油站，救护车一个左拐，中林的身体也随之向左倾斜，接着他马上调正身姿看了看手表。这时候正在做心脏按压的年轻人突然喊了起来。

"大夫，好像有呼吸了！"

听到喊声，中林和圆脸男子从两侧探头窥视着溺水者。

果然，溺水青年的胸有些微动。中林慌忙抓起了听诊器。

"嗵呲""嗵""嗵呲"……

没错，里面传来微弱的不规则心跳声。他专心倾听着听诊器里的动静，满脸茫然地望着溺水者的前胸。在海滩上的时候的确听不到心音，使劲按上去听也没听到。可为什么现在又开始跳动了呢？身为医大学生的中林百思不解，眼前发生的一切都是他头一次碰到的。

"怎么样了？有心跳了吗？"

面对这个询问，他未置可否，茫然地点点头。

"稍微有点……"

两人交替俯下身把耳朵贴到溺水者的胸口倾听着。没有听诊器是根本听不到心音的，不过两人还是感觉到了溺水者的胸部在随着呼吸上下浮动。

"也许还有救！"

年轻人再次按压起溺水者的前胸。

没过五分钟，只见他的嘴唇开始由黑慢慢转红，脸上一点点有了血色，脉搏也能摸到了。他还活着，刚才在沙滩上看他不是已经死了吗？中林像看怪物一样再次窥视起溺水青年的脸。

三

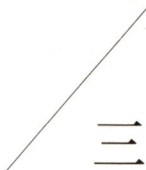

　　救护车抵达的时候，能登医院上午的门诊已经结束了，职员们正在吃午饭。挂号处的女职员赶紧跑去通知医务室来了急诊患者。

　　"什么？在救护车上苏醒了？"

　　外科的辻本医生嘴里含着饭大声惊叫起来。

　　患者直接被推进了门诊的处置室里。

　　辻本检查了一下，呼吸和心跳都很微弱，但的确在动，脉搏也摸到了，只是血压太低，高压只有六十。

　　"注射肾上腺素。"

　　在点滴里加入升压剂，再打强心剂。眼看着青年的脸上像换了一层皮肤一样泛起了红晕，手脚也温暖起来。

　　"过长桥转弯的时候复苏的！"

　　"在沙滩上的时候没有心音吧？"

　　"另一位大夫也说不行了。可是……"

　　中林有些愤愤不平地向前辈辻本医生抱怨。

　　"起死回生有什么不好吗？"

"我不是那个意思……不过，当时的确没听到心音。"

"好了。到医务室休息去吧。"

即使得到了安慰，中林心里还是有些堵得慌，自己确认过好几次，的确没听到心音。中途出现的那位医生也说已经死了，但他还是搞不明白。惊讶之余，他顿感茫然若失。

患者暂时躺在处置室的床上，周围围上了白色的屏风。

"姓名？"

"这可不知道。我想警察过后会来联系的。"救护车司机抱歉地答道。

辻本只好在没有姓名的病历上先填了血压和体温。

大概是来了急诊患者的缘故，下午的门诊冷冷清清。

过了三十分钟，辻本第二次测血压时，一个青年出现了。

"我是兰岛那位溺水患者的朋友，江口君怎么样了……"

大块头青年脸色苍白，说话的声音有些颤抖。

"在这里呀。"

"死了吗？"

"目前还不要紧。"

"真的吗？！"

"人在那里，你自己看吧。"

青年哭着歪着头，紧紧抱住躺在床上的患者。

"喂，江口君，江口君！"

"虽然还没有意识，不过不太要紧的，别着急。"

听了辻本的这番话，青年自觉刚才的举动有些失态，连忙起身不好意思地行了一礼。得知同伴还活着，他总算松了一口气，喘着粗气坐在圆椅上。

"你是他的朋友？"

"是的。我叫泽田研一。"青年站起身答道。

"这位患者叫什么？"

"他叫江口克彦。和我是同级生。"

"住址？"

"札幌室南十条西七丁目。"

"他溺水时，你不在海滩上？"

"说实话，当时我在帐篷里睡着了。"说到这里青年哭泣起来。

辻本医生无奈地在病历上写下了新的高压值九十。

"他能恢复正常吗？"过了一会儿，泽田一边用手擦着眼睛一边说。

"现在还不好说，不过从目前的状态看没有太大危险。"

患者处于昏睡状态。

"我去给江口君家里打个电话。"

泽田站起身轻轻鞠了一躬，来到走廊上。

十分钟后，警察来电话询问情况。辻本回复说，虽然不能保证，但相信他一定会得救的。

下午三点半，患者的父母赶了过来。

江口克彦仍然处在昏睡状态，但他有自主呼吸，心音也恢复了正常的轻快节奏。他的体温三十七度一，面色微红，没有半点刚抬来时面呈土色的痕迹。测血压，一百到七十。

"稳定下来了，搬到病房去吧。"

辻本把克彦安排到一楼的一个空单间。克彦的父母和泽田也都跟着从处置室到了病房。

"可以给他换上睡衣吗？"患者的母亲不安地问道。

"请先用毛巾擦干净沙子，然后再穿。"辻本看着母亲和护士说。

"继续输氧不要停。"

下完医嘱，他回到了医务室。

世界上竟有这种奇迹发生。他坐在医务室的沙发上，一边点着香烟一边思考着。

虽然不知道青年在水里溺了几分钟，但是被抬到沙滩上的时候，呼吸和心音都消失了，瞳孔也散大了，这是毫无疑问的。中林是个医大学生，经验不足，但呼吸和心音这样最基本的东西还是不会疏忽的。另外，那位自称来自小樽疗养所的老医生也说过，这个人不行了。但是，辻本依稀记得在一本书里曾经读到过奇迹生还的例子。那本书里把这样的例子统称为"复活"。

他突然想读那本书，便在医务室的书架上翻找起来。

第一例来自挪威特隆赫姆中央医院。

一个五岁的男孩在河中溺水。二十二分钟之后浮在水中获救。

获救时，无自主呼吸，无心音脉搏，瞳孔散大，无血压。

两个半小时后，心脏跳动，可触摸到脉搏。十分钟后，出现自主呼吸。

在其后的二十四小时内，患者的自主呼吸暂停五次。可触及脉搏，跳动极其微弱。

五天后，恢复痛觉反射，有触痛反应。

七天后，出现吞咽反射，可以吞咽，停止静脉补液。

十天后，看懂简单指令，回答是否。识别母亲。

六周后，从意识障碍中明显恢复，可以进行简单会话。

七周后，视力恢复。

六个月后，精神状态基本正常，指部微运动有轻度障碍。

辻本又取出了另一本书。

最近，在美国，在包括绞刑在内的收容急性事故尸体的寝棺内侧都安装了按钮。到目前为止，已有两名事故死亡患者通过内侧按钮发出信号而被人救出寝棺，死而复生。

虽说上述例子极为罕见，但难以断言不会发生。

诸如癌症、脑溢血之类因其他器官损坏逐渐影响到心脏而致死的情况不存在这种可能，而单纯心脏出现问题而其他器官完好无损的情况下往往才可能出现这种死而复生的个例。如果是溺水、窒息、休克等导致的意外死亡，不要轻易放弃，应该继续反复采取施救措施。应该说，这种情况不是真死，而是假死。

读完书的同时，护士敲门走了进来。

"那位溺水的患者现在血压一百三，体温三十七度二。"

"意识怎么样？"

"还没苏醒，不过有时表现出厌烦，想拔掉输氧管。"

"输氧管还不能拔，我这就过去看看。"

"知道了。"

护士行了一礼，退了出去。

因为心跳和呼吸暂时停止，大脑里的血液不能充分流通，因而大脑处于缺氧状态。脑细胞在身体里是最重要的，同时也是最脆弱的。如果是手脚的话，即使血液循环停止四五个小时之后，只要血液流通，就会恢复原状，但是大脑却做不到。在完全切断大脑血液循环后，能够恢复到不留任何后遗症的时限最多也不超过十分钟。在此期间，大脑处于缺氧状态，过了这个时间，脑细胞就会开始部分死亡。过了这个时限，即使血液循环再好，供氧恢复，脑细胞也无法恢复原状。

从这位溺水青年的情况看，心音和呼吸开始恢复是在救护车开到长桥转弯处的时候，也就是下午一点十分。从中午十二点溺水算起已经过去一个多小时了。即使心脏恢复了微弱的跳动，也无法否认其间完全停止了三十多分钟。究竟脑中最高级的大脑细胞会不会在过了这么久之后重新复活呢？辻本没有经验，所以无法断定。

太阳西斜，午后的斜阳透过白色的窗帘洒在了医务室的桌子上。屋里的温度计显示为二十四度。夏日的酷暑已经过去。辻本站起身准备去病房的时候，医务室的电话响了起来。

"喂喂，是能登医院的外科大夫吗？"里面传来清亮的话音，"我是 N 报的富塚，听说今天兰岛有人溺死了？"

消息真灵通呀，他拿起话筒摆正了姿势。

"听说在海岸上两位医生都说不行了，在运往医院途中的救护车里又开始有呼吸了。"

在转运途中起死回生这件事可能在警察的记者俱乐部也成了话题。

"那么，现在病情怎么样了？"

"呼吸和心跳恢复了。"

"那就是说，得救了？"记者迫不及待地问道。

好像他只是想要一个简单的结论：活着或者死了。

"这个，怎么说呢……还不能完全肯定哦。"

"那么，就目前看没什么大问题啰？"

"要看情况……"辻本的回答含糊其词。

医生最好不要根据自己的想法做出太明确的判断。人的身体变幻莫测，不知在什么部位能发生什么变化。所以，一切都不能照本宣科，这就是医学的难点。事实上，这位患者也是如此。新闻记者感兴趣的是，医生判定已经死亡，而在外行的警察手里又起死回生了。如果只是溺死的报道，这种时候也不会专门来问医院。对这位看不见的对手，辻本本能地产生了戒心。

"是这样吗？就是说有可能起死回生？好，谢谢了。"

记者随意下了自己的结论，然后挂断了电话。

时间已经四点多了。

病房里，从札幌赶来的父母和泽田围坐在克彦的病床前。

患者裹着一条新毛巾静静地安睡在床上，端庄的细嫩脸庞上，鼻梁显得尤为突出。

辻本将自己右手食指靠近患者的睫毛，指尖触及的一瞬间，只见睫毛迅速地反复眨起来。然后他又用手遮住患者的眼睛，猛然用灯光照射，瞳孔受到刺激迅速收缩起来。反射一切正常。血压跟护士说的一样，高压一百三十。他又看了一遍十分钟前的体温记录，是三十七度二。

"情况怎么样？"检查一结束，患者的母亲迫不及待地问道。

"现在看来没什么事，但还不知道意识什么时候能恢复。还有，接下来可能会发烧。"

"不要紧吧？"

"还要看情况……"

为什么外行的问题都是这样千篇一律？辻本想起刚才的那通电话。母亲眼圈发红，低下了头。泽田呆呆地站在一旁低头俯视着眼前这位毫无意识的朋友，晒得黑红的脸上满是疲惫，毫无年轻人特有的朝气。也许他的内心在自责：朋友在海中遭难的时候，自己却躺在帐篷里睡午觉。

"你还是回去吧。今天一天不会有什么事的。"

听了辻本的这番话，泽田明确答道："我留下。"

"没事了，请回去吧。今天回家休息，等着就行。这里不要紧的。"克彦的母亲起身安慰泽田。

"我……在帐篷里……"

"别再说了。这已经很感谢你了。大夫也这么说了。"

"大夫，真的不要紧吧？"泽田转身望着辻本。

"今天晚上不要紧的。"辻本作为医生说出了自己的心里话。他觉得这一点自己完全可以断言，但当时辻本没有想到，这件事对周围的人，包括他本人，会产生多大的影响。

"要是有什么事的话，请一定跟我联系。"

"明白，明白。辛苦您了。"

听人家父母这么说，泽田只好拿起了背包。

"那我先走了……"

泽田茫然地鞠了一躬之后，走近门口，然后转回身又看了克彦的脸一眼，这才走了出去。

四点半，辻本来到了院长室。院长能登诚一郎中午去参加扶轮社的聚会，三点多才回来。

"有一个溺水的急诊患者……"

正看着保险申请人病历的院长摘下眼镜，抬起头来。

"在海滩上好像是假死状态，不过，到这里的时候有轻微的自主呼吸，现在呼吸和心音都很好。"

"好，辛苦了。"院长慢慢地点点头。

"我觉着应该不用太担心，只是他的意识还没有恢复。"

"没有意识？"

"我想是处于脑缺氧状态。"

"血压呢？"

"一百三。脉搏正常，有点发烧。"

"多少度？"

"三十七度二。"

"家属来了吗？"

"嗯，他的父母来了。"

"年龄？"

"二十一岁，是个大学生。"

"二十一岁呀。"

院长望着窗外，若有所思，陷入了沉默。

"那么，已经五点了……"

辻本是从札幌大学医院来打工的，按约定干到下午五点结束。

"啊，好。我待会儿过去看看患者。"

"那，我就到这了。病历放在办公室里。"

"辛苦你了。"

五点十分，辻本驾车出了医院，驶向自己在札幌的家。

辻本医生离开能登医院五分钟后，医院护士值班室的电话响了。一名外科护士接了起来。

"我是 N 报的富塚，外科的辻本大夫在吧？"

"他已经回家了。"

"是吗？我想顺便打听一下，今天那位溺水患者怎么样了？"

"还是老样子。"

"能救活吧？"

"医生说问题不大。"

"是吗？谢谢。"

电话挂断了。此刻，辻本正在火车站前的加油站给汽车加油。

四

　　五点半，能登院长来到外科病房。按照夜班值班要求，从五点开始，这里只剩下两名值班护士。

　　院长在值班室的椅子上坐定，从护士手里接过江口克彦的病历。上面记载着从下午一点二十分患者入院之后每隔三十分钟的体温、脉搏和血压记录。

　　血压高压从最初的六十到一小时后恢复到一百一十，其后一直保持在一百一十到一百三十之间。脉搏在最初的三十分钟很微弱，一小时之后恢复正常，五点的时候稍稍有些快。体温在三点钟之前一直处于三十七度到三十七度一之间，之后升至三十七度二，略有升高。

　　病房里除了克彦的父母，还来了他的妹妹。患者仍在继续昏睡。院长打开克彦的胸口，将听诊器放在了心脏上。只见患者胸前的皮肤微微出汗，有些发红。

　　虽然心音没有变化，但右肺下部能听到疑似支气管炎的水泡音。

　　等护士在胳膊上缠上血压计，院长量了量血压。肱动脉的搏动一度增强，但到血压一百时又消失了。脉搏一直紧张，八十五，略快。

接着，院长走近患者的头部，用拇指和食指上下分开了患者紧闭的眼皮。患者的眼睛睁得大大的，眼白泛红。院长又在患者眼前轻轻舞动右手，只见眼球里映出院长的脸和手指。但是，他的眼睛一直凝望着空中的一个点，丝毫没有转动的迹象。随后，用灯光进行了光反射和睫毛的眨眼反射检查，结果和让本病历上的记录一样。

"怎么样了？"家属的眼神充满了期盼。

"呼唤他也没有反应，可能是大脑的问题吧。"院长脖子上挂着听诊器，抱着双臂，面带难色说道。

"情况不好吗？"

"再观察观察看吧。"

"二十分钟以后再测一次体温和血压告诉我。"

院长向护士做了交代，然后就出了病房。

十分钟后，院长在保险单据前停止了忙碌。

夕阳映红了院长室的半壁白墙。随着夕阳西下，屋里渐渐暗了下来。微风徐徐吹拂而入，好似在等待着日落。这时，对讲机响起来。

"江口先生的体温是三十七度三。"

"血压呢？"

"还是一百三。"

"知道了。谢谢。"

院长在从病房里原封不动抱回来的病历上记录下刚测的体温。从下午到傍晚体温升了两分。

　　意识障碍。

写到这里，他把病历翻回了封面。

　　江口克彦，二十一岁。

他盯着这几个字连续抽了两根烟。

"他才二十一岁……"

院长抱着胳膊，使劲仰靠在椅背上，闭上了眼睛。他听到了汽车来往交错的声音，混杂着拖鞋在人行道上行走的声音，还能听到年轻女人的朗朗笑声。

"二十一岁，意识障碍。"

他在昏暗的院长室里又一次慢慢地重复着同样的话。

五

当天晚上七点，N报记者富塚健太郎在小樽警察署的记者俱乐部里听到了救护车出动的消息。

"到哪去了？"

"能登医院。"消防署值班的警官回答。

"这么说，是白天溺水的那个患者吗？"

"是的。紧急请求送到札幌大学医院。"

"有什么变化吗？"

"据能登医院说，到了晚上患者的病情突然恶化，还引发了肺炎，呼吸困难。"

"这么说是恶化了？"富塚一边说着一边从衬衫口袋里掏出了记事本。

"大学医院里有高压氧舱，送到那里兴许还有救。"

"'高压'两个字，就是高压锅的高压吗？"

他好像在什么地方听到过这个词。

"是个什么样的地方呢？"

"就是在钢筋密封的房间里灌满高浓度的氧气。"

"不得了呀，不愧是大学医院呀。"

"能得救就好了……"

警官给富塚和自己的杯子里倒上茶，然后把目光移向黑魆魆的窗外。

"可是，五点钟我打电话问能登医院的时候，医生说没问题。"富塚一边用铅笔尖儿戳着笔记本一边说。

"反正，曾经有人下过死亡的结论。"

"这就不好办了。我刚给本社发过稿说，经过海边那帮人的努力，患者已经奇迹般地复苏了。"

"赶紧订正吧。"警察苦笑着说。

"死了的话根本就没有报道的价值了。"

"这只是从你的立场看吧？"

"第六感告诉我这是个好题材，其他报社都没关注的。这样一来，真不知如何是好。"

富塚一着起急来老毛病又犯了，开始抖起腿来。

"送到大学医院应该有救吧。"

"但以前往大学医院送过溺水患者吗？"

"以前没有过。"

"能登的大夫也很谨慎的。"

"高压氧舱应该能治好吧。"

"那个到底从什么时候开始有的？"

"今年三月吧，我记得读过一篇报道，说煤矿爆炸的时候曾经把全身烧伤的患者送进过高压氧舱。"

"这样说来，好像有这事儿，那是 K 医大的吧……"

"胸外科。"

"是重藤教授那里呢。"

写完之后，富塚连忙看看手表。

"现在是七点……"

"过了二十分钟。"

"第十版还赶得上吧？借我电话用一下。"

富塚把铅笔夹在耳朵上，拿起记事本，抓过了前面隔桌上的那部电话。

六

在此稍早之前的晚七点，位于札幌的北日本中心血库值班室的电话响了起来。正躺在值班室里看电视里民歌节目的值班员菅井章连忙站起身，调小电视音量，抓起了电话。

"喂喂，是北日本中心血库吗？"

他顿时记起这个声音在那里听到过，语尾的音调很特别。

"我是K医大胸外科，现在需要十支AB型的血液，能准备吗？"

一支是二百毫升，十支就是两千毫升，不小的量。

"今晚要吗？"

"现在还不确定，可能要用的。"

AB型不是太常用的血型，因此库存量也少。

"我得先查看一下才能清楚，请等一下。"

他赶紧跑到隔壁房间拿来库存账簿打开查看。

"怎么样？"

"只有九支。"

"一千八百毫升？……"

说到这里，话筒里的声音停了一会儿。九支都出库的话，明天早上一支库存也没有了。此后再遇上 AB 血型的人身事故就麻烦了。这样的话素有的血液银行之称就成了徒有虚名。不过，K 医大的胸外科平日里献血一向积极，使用量大，献血量也大。一忙起来，从教授到普通医生献血都很积极，因此轻易拒绝是断然使不得的，可是两千毫升的用量似乎是相当大的手术了。他拿着话筒思考着。

"好，那……就拜托了。"

"什么时候用呢？"

"现在还不知道。要用的话也得等到十一点或者十二点以后。也可能不用，总之需要的时候会马上派人去取，准备好就行。"

"反正，我这边准备好、确定用的话。请联系我。"

放下话筒，他来到储藏库。库存账簿上的九支 AB 型血液目前装在一个和人一般高的冰箱里。

两千毫升相当于一个大人全身血液量的一半。什么手术一次使用这样大量的血液？他摆放着血液瓶，对这台使用如此大量血液的手术，心里生出一股莫名的恐惧。

七

夜幕中，救护车在札樽国道上疾驰。

国道弯弯曲曲，远处就是大海。白天断崖下海水清澈幽深，现在则是一片漆黑，什么也看不见。处处可见山谷间辟出的路边餐厅，里面灯火通明，另外还有很多来海边乘凉欣赏夜景的人。

不时有车辆迎面驶来。

克彦仰卧在车里的担架床上。昏暗中只能看出他面部的轮廓，只有在会车时大灯照进来的瞬间才能闪现出他昏睡的表情。他看上去时而像死人一样，时而又像马上要动起来一般。两名救护员默默地坐在克彦的两旁。

猛然间，车子开进了一个明亮的小镇。这里是从札幌去往钱函海水浴场的入口。路旁传来男女的娇声，穿着泳裤和短袖衫的年轻人驻足观望，这些都是些来露营和夜游的年轻人。

眼前的这位青年昨晚也在兰岛海滨游玩。车灯闪过，望着青年安静的面庞，救护员陷入了奇异的遐想。

过了这座明亮的小镇，驶出山地，道路豁然开朗，远处可见万家灯火星星点点。车子向右转过一个大弯，只见前方天际一片通红。那里就是札幌，再过二十分钟就能到。救护员回头看了看，患者家属乘坐的那辆出租车还没跟上来。

K医大医院急诊室下午四点以后只有一名医生和一名护士值班。护士是急诊室的人，值班医生则是由各科新来三两年的年轻医生轮流担任。

来了急诊患者，一般先由值班大夫诊察，能处置的当场处置。可是，若有值班医生专业以外的患者送来的时候，往往要与相应的专业值班医生联系。实际上，一名医生和一名护士二十四个小时内只能料理两张病床，一旦遇到稍重一点的外伤患者，立马就招架不住了。

当天八月七日，急诊室值班医生是两年前刚来脑外科的袖木良幸。

八点前来了一个被玻璃割伤右手食指的患者，创口在手指根部约三厘米外，痛是很痛，但手指活动自如，说明肌腱没有切断，于是他们动手术缝合了皮肤，然后擦上消毒药。就在准备给创口敷上纱布的时候，突然外面一阵嘈杂，从急诊室门口传来了说话的声音。袖木把包扎绷带的任务交托给护士，准备到走廊上去看个究竟。这时胸外科的两名大夫走了进来。

来的是两位助教，都是比自己高五年以上的前辈。袖木记得自己在胸外科实习的时候曾经跟他们学过缝合和手术刀的用法。

"辛苦了。是你值班？"

有点微胖的中尾助教亲切地打了个招呼。两人都理着平头，穿着手术服和白色的鞋子，让人一看便知是胸外科的医生。这身打扮是胸外科医生的标配。

"还没送来呀。"

袖木边说边转身朝走廊上望去。有五六个胸外科的医生正站在救护车的入口处说话。全科出动到急诊室可是罕见的事。

"出了什么事？"

"有急诊患者马上就到，院里得到消息就通知我们赶来了。"

"是这样。辛苦了！"

如果是门诊时间以外的急救患者来，本来应该先由急诊室的医生诊断。胸外科的同事特意跑到门口来迎接，要亲自动手来做，这真是再好不过了。

"该到了吧？"

"说是八点左右到。"

墙上的时钟显示差五分八点。刚才缝合了手指的患者穿好鞋轻轻鞠了一躬，出了处置室。

"坐一下吧。"

"不了，马上就要来了。"

说话间中尾助教走到门口的同事那里。

急诊室入口位于东侧，与正门呈直角。挂号处和处置室相对，夹着急诊室专用的大门，往里是妇科和外科的门诊室，从下午到晚上都无人经过，静悄悄的。

正因为平时很安静，现在一下子来了近十名外科医生在这里等候患者，自然便让人感觉异样。一定是很紧要的病人，袖木一边用消毒水洗着手一边在想。他开始在病历上记录前面那位指伤患者的处置情况。这时候，传来了救护车的鸣笛，接着是走廊上奔跑的脚步声。此刻，处置室的时钟正好指向八点。警笛迅速逼近，随后戛然而止。

每次在急诊室值班，只要一听到警笛声，袖木的心登时就会提到嗓子眼，他担心又有急诊患者送来了，会让自己手忙脚乱。而唯有这次，他听到鸣笛声很坦然。因为，患者跟他并不相干。

奔跑的脚步声夹杂着说话声乱作一团，夜晚的急诊室门口一片忙乱。

"是什么患者？"护士好奇地问。

"好像是直接来找胸外科的什么急病号。"

袖木嘴里回答着，心里也充满好奇。他在病历上写完刚才患者的处置内容，便来到走廊上一探究竟。

"马上到手术室，准备切开气管。"中尾助教喊着。

患者已经搬上了担架车，由四五个胸外科的医生围在两侧推向右边的电梯。手术室就在急救门诊的楼上。

"赶快联系教授。"

"知道了。"

这是田口的声音。他也是袖木的同级，同在胸外科。袖木本想靠到近前看看患者的情况，刚看了一眼，电梯门开了，担架车一拥而入。

"要手术吗？"

"怎么说呢，还不一定……"中尾含糊其词。

虽然患者面部裹着毛毯看不到脸，但是袖木看到了患者露在毛毯外面的那双苍白的脚。电梯关闭，周围又恢复了宁静。

只剩下袖木和挂号处的一个人孤零零站在走廊上。

"患者是哪里送来的？"

"听说好像是从小樽的医院直接送来的。"

"就算这样，也有点太兴师动众了吧。"

"因为是胸外科的嘛。"

挂号处的男子笑了笑，仿佛在说兴师动众是理所应当的。

门外救护车的顶灯依然闪烁不停。送完患者，司机一边抽着烟，一边关上后部车门。

"真热呀。"

挂号处的男子敞开了白大褂的前襟。

"一点风也没有，真闷热。"

隔着窗户可以看见救护车已经发动起来。

"今晚上千万就到此为止了。"

"不会的，待会儿还会来的。"

"别说不吉利的话。"

挂号处的人笑着回了屋子。

急诊室值班不一定非得待在处置室里。没有病号的时候，只要保证随叫随到，医生是可以在院内自由走动的。

"有事拨打三八三。"

袖木留下了自己脑外科研究室的电话号码后离开了急救处置室。他沿着楼梯来到二楼，看见右边通往中央手术室的大门。门上的磨砂玻璃里透出明亮的灯光。胸外科的同事和患者已经都进了手术室。看样子，今晚要忙上一阵子了。二楼到三楼的楼梯很昏暗，他正爬着楼，忽觉心中一阵忐忑。

四楼东侧第二间便是脑外科的第三研究室。他进门的同时电话响了起来，就像有意在等着他似的。

"又有急病号了？总这样的话，就算一晚上多挣一千日元也太累了。"

他喃喃自语着，慢吞吞地抓起了话筒。

"您是急诊室的值班大夫吗？"

"是我。"

本以为是处置室护士打来的，出乎意料，里面传出的却是一个年轻男子的声音。

"我是N报的富塚。刚才跟胸外科联系过，大夫都不在，所以才转到您这里来。"

这个电话号码八成是急诊室的护士告诉他的。

"从小樽送去的急病号到了吧？"

"啊，刚到。大约十分钟前吧。"

袖木看看手表，现在是八点十五分。

"冒昧地问一下，那位溺水的患者情况怎么样了？"

"溺水？"

"嗯，就是在兰岛溺水的那个二十一岁的青年。"

"是溺水的吗？"

真是出人意料的事。他觉得，既然是送到胸外科来的，患者大概是在哪家医院做开胸手术失败的？或者肋骨骨折伤及肺的？溺水患者的话，应该先送专事复苏治疗的麻醉科，而不是胸外科。反正自己没见到病人，袖木无从回答。

"听说要进高压氧舱？"

"高压氧舱？你说什么？"袖木大声说道。

"那……不是在胸外科吗？"

"可患者是溺水的吧？"

"是的。今天中午溺水昏迷送到小樽的。"

"是刚才送来的那个人吗？"

"是的。当时还挺好，到了晚上突然出现呼吸困难。"

自己身为医生，却被一个记者问得目瞪口呆。

"是叫江口克彦的青年。"

"江口？"

提到姓名袖木也是一无所知。

"没错，是溺水的吗？"

"好像是。"

袖木依然半信半疑。

"送进高压氧舱了吗？"

"不，还没有……"

已经送进手术室切开气管，扩张呼吸道，插入了呼吸管，除此之外，袖木就不知道了。

"所谓的高压氧舱，到底有什么作用？"

记者全然不顾犹豫不决的袖木，继续刨根问底。

"怎么说呢……"

"像今天这种病例，在高压氧舱里获救的有几例？"

"你是说溺水的人？"

袖木手持电话困惑不已。迄今为止把溺水者送入高压氧舱的病例他是闻所未闻。一般经常利用高压氧舱的患者都是全身大面积烧伤，或者手脚血管供血不足的。这种设备的最大特征是，舱内充满了高浓度的氧气，因此体表皮肤能直接接触氧气。袖木心里思忖道：既然切开了气管，氧气就能充分送入呼吸道，那还有必要再进高压氧舱吗？

"怎么样了呢？"

面对沉默不语的袖木，记者依然不依不饶穷追不舍。

"进高压氧舱不能算是坏事。"

"嗳，什么？不是坏事？"

"不过，这方面我不是专家，不太了解。"

再追问下去，袖木心里更没底。

"胸外科的大夫什么时候回手术室？"

"我是脑外科的，不清楚。"

"那……太抱歉了。"

大概听出袖木回答不得要领，记者很快挂断了电话。

说实话袖木的确搞不清楚。溺水昏迷送入医院，无非是要恢复呼吸和心跳。这个过程中，再次出现血压下降，可能是引起了肺水肿？袖木觉得，即使如此也没有必要非得送进高压氧舱。

做新闻记者的惯于自以为是、捕风捉影，多半是他听错了吧？想到这里，他把两腿搭在旁边空着的椅子上，开始读起周刊杂志。

八

当天晚上医大附属医院的中央手术室只有大久保邦子和池上照代两位护理人员值班。大久保是护师，池上是护士。两人四点换班，下午的手术结束后，六点在值班室吃饭，七点开始在手术室里的浴室轮流洗澡。

夜间没有紧急手术的时候还好，有时候赶上有手术，一晚上两三台连轴转，甚至一直要忙到天亮。所以，遇上有手术就不能洗澡了。

就在大久保去洗澡，池上值守的时候，胸外科来电话了。

"八点钟有个急病号从地方送来，可能要切开气管，请准备。"

"要手术吗？"

单纯切开气管的话只要准备切开的器械就可以。

"等来了之后，看看再说。现在不确定。"

"最好别做手术。"

"跟我说没用，关键看上头的意思了。"

这里说的上头，是指医大胸外科教授重藤庸介。重藤除胸外科教授之外还兼任中央手术室的部长。高兴的时候他总是平易近人，可一旦发起火来就六亲不认。护士们都很怵他。

"教授还在吧？"

"看来今天不会回去了。"

"别吓我！"

"只要不做手术就行，权当借地方用用就是。"

"我明白。"

池上照代来到手术器械室，准备切开用的器械。

不一会儿大久保回来了。只见她赤脚穿着拖鞋，外面只罩着件白大褂。

"胸外科的人说可能要做手术。"

"再开胸？"

"具体不太清楚，好像要先做气管切开。"

"今天没有开胸手术呀。"

一般在心脏瓣膜或肺手术之后，容易出血过多，这时就需要再次进行开胸手术。近年来手术技术不断进步，这种情况几乎没有了。总之，上午没有开胸手术的话，一般就不用担心再次手术的事。

"做的话越早越好。"

"能不做还是不做的好。"

池上祈祷着进了浴室。

池上心里祈祷归祈祷，但等到她从浴室出来来到中央手术室的时候，看见第七手术室门上方"手术中"的红灯已经亮了起来。她从口袋里掏出表一看，时间刚过八点。

"你可真悠闲呀。"

从手术室门里突然出来一个年轻医生，看见刚出浴的照代揶揄了一句。

"还要做手术吗？"

"嘘，他在里面。"

年轻医生竖起食指压住嘴唇，接着又伸出拇指，告诉她重藤教授已经来到手术室了。

照代从微微敞开的门缝中往手术室里窥望，只见里面已经聚集了近十名大夫。她立马就感觉到里面气氛十分紧张。

教授专程赶来说明一台大手术即将开始。照代赶紧跑回了值班室。

照代束起头发，对着镜子罩上了头巾。这时大久保回来了。

"怎么样了？"

照代嘴里衔着发夹问道。

"现在正在插管呐。"

先将一根金属管插入呼吸道深处，然后将其连接到麻醉器的氧气包上，这样只要从外部开闭这个橡胶气囊，就可以将含有适当氧气浓度的空气送入肺里。即使在不能自主呼吸时，只要有人施力也能维持呼吸。这样一来就可以借助他人之力满足呼吸这一生存所需的最低条件，人就得以继续生存。催动这种机械呼吸的力量相当强，不过一旦有了自主呼吸之后就不再需要。只要用上这种办法确保呼吸道畅通，就不用担心喉管被痰或其他异物阻塞。

"重藤先生来了吗？"

"正抱着膀子在默默观察呢。"

"什么患者？"

"听说是溺水的。"

大久保坐在旁边的沙发上。

"我们没必要待在旁边吧？"

"他们说，确定手术之后会通知我们的，等着就可以。"

"啊，是吗？"

照代如释重负摘下了头巾。

窗户开着，但是几乎没有风吹进来。对面的病房楼里只有医生研究室所在的五楼灯火通明，屋里的情况一览无余。

"又饿了。"

"吃荞麦面吧？"

照代拿起话筒的时候，传来了敲门声。

"哪位？"

"是田口。"

胸外科的医生。

"可能要做开胸手术，请准备一下器械。"

"还是要做呀？"

"不，只是准备。"

"要做就请尽早做。"

"那怎么行。"

说完，田口关门走了。两人面面相觑，相对着耸了耸肩。

"麻醉科的大夫来了吗？"

"我看来的都是些胸外科的大夫。"

"怎么推到了七号手术室，二号手术室也很大，而且也空着。"

胸外科的大手术一般都在大手术室或者二号手术室进行。反正选的都是室内配备人工心肺机和导管的，而且离器械室也近，各个角度看都很方便。七号手术室面积大，还有供学生观摩的房间，主要用来做腹腔内脏的外科手术。

"那些医生非要选七号的。"

听说可能要手术，两人开始充满怨气地发牢骚。不过也不能只发牢骚。

"器械我来准备，你去通知一下夜班的护士长。"

"知道了。"

照代出了值班室。十多间手术室里，唯有七号手术室里灯火通明，医生们进进出出一片忙碌。面熟的医生出来见了照代也默默无语，看上去今天晚上医生们个个都很紧张。

中央手术室和普通病房隔着一道自动门。门外走廊旁边是用一道磨砂玻璃隔开的患者等待区。那里坐着四个人，像是患者的父母和妹妹、弟弟。四人看到从手术室里出来的照代，大概以为是她是医生，一起抬起了头。知道是患者亲属，照代移开了自己的视线。

病房的走廊又恢复了寂静，只剩下一片昏暗的灯光。照代脚底下那双护士鞋发出的声音听起来格外清晰。时而也会听到磨牙或者低沉的呻吟声，也有很多人因暑热难耐而难以入眠。

"不过，重藤先生今天晚上显得格外谨慎呀。"

照代看出来，平时精力充沛、雷厉风行的重藤教授今天一反常态。

九

　　重藤庸介像一头笼中困兽一样在教授办公室里不停地徘徊。

　　下午六点他接到能登院长从小樽打来的电话。虽然听了院长的说明，但鉴于没有亲自诊断，他无从论断，只是想到先备好血浆再说。

　　接着又过去了三个小时。刚才重藤在手术室里对那位年轻患者仔仔细细地检查了一遍，其间他思前想后，反复琢磨也没拿出结论。

　　结论……

　　现在他必须得下结论，而且实际上只有他才能下这个结论。他双眼紧闭，叉开双腿伫立在房间中央。

　　一种情况是，处于冠心病晚期状态，所有内科治疗都失去效果。

　　另一种情况是，作为先天性心脏病患者无法接受手术。

　　还有一种情况是，多瓣膜心脏病，只能考虑实施比心脏移植更危险的手术，比如植入三个人工瓣膜。

　　再就是，罕见的心脏大肿瘤。

在他的脑海里，逐一浮现出必须进行心脏移植的四种情况。

那个叫佐野武男的小伙子就属于第三种情况的多瓣膜心脏病。在内科是治不好的。这样即使活着也无法成为一个正常的社会人，像个废人一样，说不定什么时候就会绝望自杀。不，肯定会自杀。

重藤睁开眼睛。

没错，必然会走这一步。

他再次喃喃自语，确认自己的想法。

禁忌症，就是那种根本不能手术的情况有哪些？

——重藤梳理着自己的思绪。

患有慢性肺病可能不得不心肺同时移植。

患有全身贫血症的也有可能。

佐野武男不属于上述情况，这一点重藤可以充满自信地说。

想到这里，重藤停住脚步。

窗户紧闭，上面覆盖着绿色的遮光帘。九点过后，这片角落里只有这间教授办公室里还有人走动，周围鸦雀无声。十八名医务人员在手术室和病房值班室里待命，只要重藤一声令下，他们就会倾巢出动。

捐赠者的选择和准备怎么办？

开普敦的马蒂纳斯博士的见解如是：

组织匹配度越高，排异反应越少。所以，即使做不到完全匹配，也应该最大程度努力。不过，关于这个问题，目前就连移植后生存最长的病例，也没做到完全匹配。

是的，的确如此。伦敦的免疫学家詹姆斯博士也持同样观点。

重藤回忆着自己曾经读过的文献。

完美匹配固然理想，但总会有受移植的人匹配不到理想组合。但即使配型困难，没有希望，为了挽救患者的生命，有时也不得不进行移植。单就肾脏移植的经验来说，如果配型不适合，能生存六个月就已经很不错了。

别把这帮免疫学家当回事儿，啥都要扯上他们的话，什么事也做不成。他们不像临床专家那样关注重点。在国外，这类免疫学家往往遭到公然的无视。他们也不像日本同行那样说三道四。不这样，医学就别想进步。

那些唠唠叨叨的家伙也许是最蒙受医学进步恩惠的人。

总而言之，不做就没有结果，做了才有希望。

是的。库利博士也是这么说的。

重藤在屋里来回踱起了步。

即使捐赠者的配型不成功，我也决不因为这些免疫学家而放弃。实际上，我最初的三例就完全没有进行组织配型。

那就对了。临床医生就是要实践优于思考。罗斯？嗯，他总是跟着那个叫莫布雷的……

我的研究搭档免疫学家莫布雷认为，配型是唯一可靠的。因此，我手上很多等待移植的患者，个个都进行了配型。

人们普遍认为这种方法最稳妥。贝利齐博士和法国的让·保罗博士，还有巴西的欧里克利德斯教授都表示赞成。

但是，他们也承认，即使随机移植，每三例中也会有一例成为相当理想的匹配。

对了，还有一个。

重藤在空中挥舞起拳头。

组织配型过程中产生的抗原，与导致人体内器官排异的抗原是不同的。换言之，在试管内进行的实验和在活体内产生的排异反应是不同的。

即使试管实验得出种种说法结论，也不能将其立即用于人体实践。人体跟人体之间又各不相同，所以……

想到这里，重藤焦躁不安地摇摇头。

所以……到此为止，所以……所以，这该怎么办？一瞬间，重藤的脑海里浮现出手术室里医生们围着的那个昏睡中的面色苍白的青年。

现在横亘在重藤面前的是一座豪华的壁垒。这座壁垒威严耸立，正在俯视着他。这是一座冷傲森严的壁垒，是一座迄今为止多少人前赴后继不断挑战又被拒之门外的科学壁垒。在淘汰、拒绝和俯视的同时，这座壁垒也吸引着人们为之奋斗不息。虽然从未谋面，但这座壁垒蕴藏着珠穆朗玛峰般的魅力，吸引着重藤。

可是，如何来认定死亡呢？……

重藤停住脚步凝视着墙壁上的一个点。他抱着双臂，夹紧腋下，同时又使劲拧着腋下，手背勒进肘内侧。

不能让恶魔进来，这只是我自己个人的判断。

那位青年处于无法恢复的脑死亡状态，可以认定已经死亡，还有另一位少年正躺在那里救治无望。如果现在手术，不，如果不手术的话，两个年轻人就都没救了……

可是，法律上的问题……学会的舆论……大学的形势……那么，所以……

各种想法在重藤的脑海里翻来覆去，纷乱复杂，很快就汇集到了一个焦点。他顿觉山重水复疑无路，柳暗花明又一村。他不再胡思乱想，把焦点集中于此。就在这里，没错，就在眼前。他屏住呼吸，再次凝视起来。

那就是答案，我想我已经把它抓住了。

突然重藤跌入沙发双手抱头。眼前竖起的壁垒不知何时仿佛一下子遮住了他的视线。原本胸有成竹的结论无影无踪，他又开始苦苦寻求。

我必须得决断，因为我在这里地位最高。

他喃喃自语，像被神鬼附身一般，再次仰望着墙壁。

五分钟后，重藤的记忆再次启动。

开普敦的德维利耶博士：

在脑电波消失，且人工呼吸也无济于事，回天乏术的时刻，可以摘出患者的心脏。

换句话说，只要是严重且无法恢复的脑损伤即可。但是，实际上脑电波也不能说就没有错误。就是说，即使大脑深处的脑干健全，表面的皮层也可能没有反应。治疗到何种阶段为止呢？谁也不能下百分之百的结论。

库利博士还选取了五个病例：

五名捐赠者都属于重度脑损伤，包括蛛网膜下出血、脑内出血、重症外伤、枪击致伤等情况，总之，已经全都没了脑电波信号。五人最终失去反射所用的时间分别为：九小时、二十五小时、二十八小时、三十八小时、四天。

而且，捐赠者的死亡时间必须由心脏移植团队的负责人来决定。

团队的负责人，那就是我，我就是这里名副其实的最高权威。

想到这里，重藤得到了力量。

李拉海博士更是条理清晰：

患者处于昏迷状态，无动作，反射消失，无体温调节，脑电波消失，一只瞳孔扩大固定，另一只瞳孔缩小如针孔，无自主呼吸，唯有靠升压剂来维持循环，这种情况下大脑功能无法恢复。

只要具备这些条件就够了。这就是全部条件……

不知不觉间重藤再度徘徊起来。他在桌子和茶几间慢慢踱步，双手抱着臂膀，身体僵直得就像根木棍一样，只有在迈步的时候才向前晃动。

所谓全部就是真的全部吗？

他自问自答，额头上沁出的汗珠在荧光灯的照耀下闪着白光。

布鲁克林的坎特罗威茨博士如是说：

如果有个先天性无脑症患者银行就好了，那就可以根据需求从他们那里提取心脏。他们中的百分之八十最后都死了，但他们的心脏都是正常的。

这真是痴人说梦！道理尽人皆知，如果有那个可能就不用这么辛苦了。重藤愤愤地吐了一口唾沫。在日本这个国度里根本做不到，满口人权、道义的人比比皆是，简直……

有三个人都曾经说过，但重藤一时想不起医生的名字：

即使一位五十六岁老人捐赠的心脏，也比受捐者的心脏要好十倍。

千真万确，就是这样。

不过，巴纳德说了番意味深长的话：

期待的最长生存年限是五年，所以年龄不是问题。根据目前的免疫抑制知识，还无法想象移植的心脏能存活五年以上。

根据什么说出这种荒唐的蠢话的？事实上，还没有过了五年的例子吧？那凭什么能断言现在活着的人五年之内会死呢？人体的运行，看似有章可循，其实无法掌控。明天就死？活上十年？只能坐观其变。巴纳德这家伙，做世界首例手术的时候，大概也是如履薄冰吧！

这些纷繁复杂的片段在重藤的脑海里时聚时散，犹如万花筒一般。

"所以……所以……"

他下意识地嘀咕着。

"那个该死的斯塔兹尔！"

即使脑电波停止后也会复苏，事实上，我就曾经历过这种情况。我从捐赠者身上摘出脏器的时候，必须先确认心跳停止。

说得冠冕堂皇！被人颂扬成人道主义者，你是得意了，可医学如何发展？患者正望眼欲穿地等待着医学进步的拯救。能让他们躺着等待吗？让他们去求上帝来拯救？

突然，重藤胡乱抓起了桌上的笔。

"别开玩笑了！道理没错，但毫无意义！"

他一个人在房间里右手握着笔，像交响乐团的指挥一样左右比画着。

"博士！嗯，博士……"

他厚厚的嘴唇里不断念叨着，焦躁不安地左右晃着头，用铅笔从各个方向戳着自己的脑袋。

"纳贾里安！纳贾里安博士。"

想起名字的瞬间，他的脑海里浮现出纳贾里安的文献。

死亡是由负责治疗的主治医生确定的。以我的经历来说，多数是脑神经外科医生担当这个职责，他们认定死亡的话，我可以接受。

"主治医生……主治医生，是的，团队的领袖。"

没错，你就是领袖，得你来做决定。

在屋里踱步的重藤停住脚，慢慢环视着四周。他感觉似乎有什么人躲藏在屋子里。他探着头，开始搜寻，目光从墙壁移动到书架、房门、屏风，翻来覆去也没有发现什么异常。桌子、椅子和墨水瓶，都是十年前自己升任教授时添置的老物件。巡视一圈以后，他总算松了一口气坐到沙发上，伸直双腿，身体后仰，仰望着天花板。

在他的脑海里从首例开始逐一回顾迄今为止进行过心脏移植的医生或医院，以及移植的结果。

克里斯蒂安·巴纳德，死亡；阿德里安·坎特罗威茨，死亡；克里斯蒂安·巴纳德，存活；诺曼·沙姆韦，死亡；阿德里安·坎特罗威茨，死亡；爱德华国王纪念医院，死亡；莫里斯·梅卡迪耶，死亡；诺曼·沙姆韦，死亡；休斯敦圣路加医院，存活；伦敦国家心脏医院，死亡……

越过累累尸体方可继续前进。倘若不前进就永远达不到那堵墙。

埃里克·内格尔，死亡；巴黎布鲁塞医院，存活……

重藤的记忆没有一丝错乱。这些名字整日萦绕在他的脑海之中。

弗吉尼亚医学院，死亡；圣保罗大学附属医院，死亡；蒙特利尔心脏病研究所，死亡……

从五月底到六月初的手术全都失败了。

休斯敦圣路加医院，存活；还是那家圣路加医院，存活；伦敦国家心脏医院，死亡；同一家心脏医院，存活。

重藤的记忆到此停止。现在能做的也就到此为止了。

三十二岁，K医大，重藤庸介。

这一瞬间，他满脸凝重，心生怯意。整个房间也恢复了平静，一切跟他刚进来时一模一样。他深深地吸了一口气。腕上的手表显示已近十点。到了该做决定的时间了。十点钟手术室就会来电话。全体人员都在屏息等待着他的决定。

"做！"他发一句话即可。

那个年轻人没救了。他的意识无法恢复。即使再多活些时间也无济于事。我的观察不会错。没有脑电波记录就不可能恢复。就算脑干还活着，死亡也只是时间问题。比起别的，亲眼所见才是最确定的。

经过一番苦思冥想之后，重藤的思绪再次回到了最初的原点。

那个年轻人没救了。他的意识是无论如何也无法恢复了。万事开头难，头关不破二关难过。心想着不行，可能就真的不行了。

"那个年轻人没救了。"

当他再次得出结论的时候，电话响了。

"我是佐木。"

"怎么样？"

"还那样。"

电话是从手术室打来的，但佐木讲师的声音听起来很遥远，就像从外地传来一般。

"血压如何？"

"没有变化。"

重藤陷入沉默。两人之间只能听到电话里的杂音。

迫不及待的重藤看看手表，时针指在十点上，旁边的小针在不断跳动，那是秒针，一如既往，丝毫也不懈怠。

一分钟。这一分钟里，如果佐木一言不发，这一分钟里，如果佐木继续保持沉默，那就"停止"。重藤设下了奇妙的赌局。只要其间佐木开口说一句话，那就"干"！一旦开始，就不能回头。

把对自然科学的追求押注在一分钟内是否保持沉默上，这反而使重藤感觉轻松了许多。对于用赌博的方式来瞬间决定原本与运气和情感风马牛不相及的自然科学，这令他感到一种心理满足。这场小小的近乎荒唐的赌博对两个青年，对他们的家庭，对重藤以及相关的人们会带来一连串的影响，这多么荒唐可笑，可笑到让人闻之落泪的程度，简直是荒唐至极。他想，赌一把能激发自己什么呢？重藤想知道答案。

这绝非是恶作剧。思来想去、苦思冥想得出的结论使他自己感到出乎意料。

秒针还在不停地前进，就像在弓着身子奔跑一样。三十秒过去了。佐木还是没有出声。话筒里的杂音听起来格外刺耳。

做决定的不是我。逼着我做决定的是另一种强大的力量，那是一介医生和科学家遥不可及的一种强大力量。

重藤目不转睛地紧盯着手表等待这一瞬间。

佐木能沉默到底吗？他想沉默吗？

重藤反复问自己，他的脑海再度浮现出那堵华丽的医学壁垒。他们在俯视着重藤，似在向他招手，又似在拒绝他。

秒针还在不断前进，还剩最后十秒。

"先生，怎么办？"佐木开口了。

重藤当即回复："干！"

"好。"

佐木回答的时候，刚好满一分钟。

"按原定计划使用人工心肺机！"

"从大腿动脉那里？……"

"可以。"

"明白了。"

电话挂断了。拍板只用了一瞬间。此刻秒针已经又前进了十秒。

电话打完了，重藤久久没有放下手里的话筒。说不定佐木会再次打电话来？会不会遇上麻烦来电话商量？还有进一步要问的吗？器械会不会出现故障？莫名其妙，重藤发出指令之后内心深处仍期待着能有电话来要求中止这台手术。重藤自己都不理解自己此刻的心理状态。他完全不能理解自己的这种分裂。

三十秒过去了，一分钟过去了，电话始终没响。

"佐木这家伙，终于开始了？"

重藤嘟囔着，好似事不关己一般，然后大失所望地叹了一口气。

他觉得，全身的紧张好像一下子消失了。他伸出双腿，身体后仰，望着天花板。决定发出后过去了第一个一分钟，不会再来电话了，他一面思忖着，一面在脑海里慢慢勾画着心脏移植手术的准备场景。

切开大腿动脉，接上辅助循环。手术室的全体人员全都按部就班忙碌了起来。已经开始了，接下来就不能停下来。

重藤告诉自己，现在只有坚决冷静地朝着那堵华丽的壁垒前进。

教授办公室里办公桌旁的墙上贴着一张大大的心脏挂图。旁边还有一张表格，上面写着日本首例心脏移植手术的日期和参加人员的姓名。重藤试着把自己的名字放在表格的最新处。

必须争第一。只有第一才有意义。

最好，最初，第一，他只认这几个词。

自己第一次上台做开胸手术，第一次做心脏手术，第一次使用人工瓣膜，一幕幕场景都依次清晰地浮现在他的脑海里。

任何一个第一次都缺乏自信。虽然心里想做得尽善尽美，可自己的手却老是跟不上趟。十年前那些令人不安甚至恐惧的手术，如今自己都能平心静气地完成：喝着牛奶，在手术室里放着背景音乐，一边和新婚的同事开着玩笑，一边做着开胸手术。

如今的这种亢奋，再过十年大概也会成为笑柄。重藤心里像孩子一样在想，如果就这样睡上一觉，醒来会不会已是十年之后呢？

十

当天晚上麻醉科的值班医生是今年刚通过国家医师考试当上医生的笹原雄次。下午，他负责了整形外科上臂骨折手术的麻醉。

在手术台上，麻醉师是不可或缺的幕后英雄。大学医院里所有的大手术，都是由麻醉科的医生负责对患者实施全身麻醉。手术医生只管专心手术，不必随时关注患者的全身状态、出血量大小之类的问题。因为这一切都由麻醉师随时在幕后看顾，并在需要时进行妥善处置。

从开始、维持到苏醒的麻醉全过程中麻醉师的水平高低也至关重要，要是碰上一位差劲的麻醉师，往往会搞得手术医生大伤脑筋。麻醉过浅过深都不行，在必要程度内做到最浅才是最好。

从这个夏天开始，笹原雄次总算可以不用前辈的协助独立上岗了。但是，遇上患者全身状态不佳或出血量较多的长时间手术，他心里还是没底。要是白天遇到这些情况，跟前辈联系一下，他们立刻就会赶来，可夜间一个人值班的时候就不行了。一旦遇到情况，他只能去叫附近的前辈来帮忙。

把患者送到苏醒室之后，他去洗了个澡。到地下食堂吃过晚饭，他登上三楼的研究室。研究室有两位前辈还留在里面在做实验。他想自己也应该去做狗的实验，可已经到了这个钟点也懒得去动物室。他打定主意明天再说，径直到了医务室去看电视里的夜间比赛。他拉过一把椅子，想躺在上面伸直腿舒舒服服观战。这时电话响起来。

"我是外科，想借硫喷妥钠和琥珀胆碱。"

电话那边只报了科室，未报姓名。

"硫喷妥钠和琥珀胆碱？"

这两种药都是用来导入麻醉剂的。

"刚来了个急病号。"

"在哪用？"

"手术室。"

看样子对方是个老资格的医生，说话的口气有些高高在上。

"您是……"

他刚开口问，对方立刻就火冒三丈了："赶快！现在急需，马上送过来！"

"知道了。"

嘴上答应了，笹原心里却愤愤不平。按规定，紧急情况下患者需要麻醉应该跟专业的麻醉科联系，所以医院才安排各科留医生值班。无视这些规定擅自麻醉，甚至来借药并让人送过去，真是岂有此理！他们看自己是新手才这样欺负人。

从麻醉准备室拿了药往手术室走的路上，他嘴里不断发着牢骚。

笹原雄次板着脸走进麻醉科濑川讲师房间的时候是晚上九点半。

"你怎么了？"

濑川把读了一半的书放在了桌子上。那是一本最新出版的《复苏学》。

"没什么。真让人上火。"

笹原在濑川对面的沙发上落了座。

"刚才来了个急病号，胸外科的人把他推进了手术室，说是要做气管插管，来借硫喷妥钠和琥珀胆碱。"

"他们自己做麻醉？"

"是的，只让把药送过去。"

"那你就照办了？……"

"他们有十多个人在现场，根本不让我插手。"

别看资格浅，笹原也有着一名麻醉科专业医生的自尊。他自信不会输给那些只在两三个月的轮岗实习里学会麻醉的人。

"简直太瞧不起人了！"

"后来顺利吗？"

"看他们忙前忙后，应该顺利吧。我中途就回来了。"

"为什么去了那么多大夫？"

比起年轻医师的自尊，濑川更关心的是他们要在手术室里干什么。

"来了个溺水的病号，据说是从小樽送来的。"

"有自主呼吸吗？"

"不知道。他们根本就不让我靠近。"

"一个溺水病号还至于这么大惊小怪。"

"听说接下来有使用人工心肺机呢。"

"人工心肺机？"

濑川探出身子。

"给那个溺水的人？"

"听说是那样。"

"真的吗？……"濑川半信半疑。

人工心肺机是心脏手术时临时阻断并改变心脏血流时才使用的。

"没有对溺水患者用过吗？"这一点笹原一无所知。

"还真没听说过。"

在濑川的记忆里，迄今为止从未见到过相关的文献。

"可能是心力衰竭，为了减轻负担才用的吧。"

"这是首先会想到的，不过心脏的跳动和人工心肺机的跳动是不一致的。"

"是呀。"

这么说来倒也有理。笹原打算按顺序从头理清自己的思路。

"不一致的话反而适得其反呢。"

"我不怎么赞同这种做法……再说，长时间使用人工心肺机，容易引起肺不张。"

"那就毫无意义了……"

"也不能那么说，反正我搞不明白现在使用的理由。"

濑川从白大褂的口袋里掏出了香烟。笹原陷入了沉思，刚才的一肚子怨气早已抛到九霄云外。

"重藤教授呢？"

"我回来的时候，他进了手术室。"

"他说什么了吗？"

"没有。"

濑川讲师这么一说，还真有点令人捉摸不透。莫不是自己一亢奋，耳朵听错了？他一片茫然。

"我再去看一次吧？"

"不用，等会儿他们大概会来联系的。"

他知道，全身麻醉使用人工心肺机的话都需要麻醉医生。

濑川站起身走到窗前。

"虽说有点吵，还是打开窗户吧。"

濑川的房间在医院正门并排的三楼。正门前的马路是车水马龙的繁华街道，一打开窗户，电车和汽车的嘈杂声就会一拥而入。在没有空调冷气的北海道，房间降温只能靠电风扇，不过电风扇吹的时间一长，人的头就会莫名觉得昏昏沉沉。

窗户打开了，可出人意料的是竟没有一丝风吹进来。天上既没有星星也没有月亮，几乎无风，是夏夜特有的闷热酷暑。

医院前的商业街还开着。水果店、寿司店、咖啡馆、杂货店……各种店铺鳞次栉比，店里的情形都一目了然。电车从商店和医院之间穿越而过。

今年过了八月，感觉暑气又卷土重来。店前纳凉的人摩肩接踵。街面上依然灯火通明，只有医院静寂无声。

这时，商业街上出现了一群孩子，随后传来了孩子们的喧闹声，所有的孩子都穿着浴衣，腰上系着带子。

"是吗？"

"您说什么？"笹原面冲电扇说道。

"今天是七夕？"

"嗯，是八月七日。"笹原没精打采地答道。

北海道的七夕节是八月七日，比别处晚一个月。七月七日夜晚还很凉，到了八月初，盛夏的感觉就开始强烈。喧闹活泼的纳凉客从水果摊前依次行过。

"都这么晚啦。"笹原迫不及待地说。

估计插管现在应该结束了，但手术室那边没有传来任何和消息。

"看样子他们是打算自己单独干了。"

"谁知道呢。"

"大夫；去看看吧。他们是不是真的用了人工心肺机？"

不请自到跑到其他科室医生的手术现场，是件令人忐忑的事。但是，听他这么一说，濑川愈发放心不下人工心肺机的事。

"咱们去吧。"

"……"

"和您一起去，估计他们也不能无所顾忌吧。"

笹原一下又勾起了刚才的愤懑。濑川慢慢吞吞站起身来。

十一

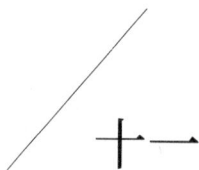

中央手术室的一角灯火通明，繁忙景象犹如工厂加夜班一般。

第七手术室亮着表示正在使用的红灯，医生护士们进进出出。消毒室的煮沸器里正在沸腾，洗手间里叠放着一大摞手术服。

两人在更衣室带上了手术帽和口罩，换上了拖鞋。

"真像一台大手术呀。"笹原左右环视着说道。

看上去一切如常，但整个手术室笼罩着一股紧张的气氛。

"大概是晚上的缘故吧。"

"是吗？"

尽管嘴上这么说，但笹原心里依然感觉不对劲。

两人走进第七手术室的时候，里面已经聚集了十四五个医生。

四五个围着患者的人回头看了看他俩，又迅速移开了视线。每个人都带着遮住双颊和下颚的大口罩，只能凭一双眼来识别，好在经常在手术室里见面，彼此很快就认出来了。

认出两人之后，胸外科的医生们谁也没有开口说话。

濑川穿过医生们的身后，来到患者头部一侧。只见患者仰卧着，气管里插着软管，软管的一端接着气囊。曾经来麻醉科学习过的冈崎助教正在调节气囊。随着自主呼吸，患者的脸色泛着淡淡的红润。

两个做手术的医生切开了患者的大腿根，露出大腿的动脉和静脉。重藤教授站在后面看着。旁边的器械台上有根导管，近前是一台人工心肺机。

笹原说的一点没错，为什么要用人工心肺机呢？濑川绞尽脑汁想了很多理由，始终也没理出个头绪来。

"拿导管。"切开大腿的医生喊了一声。

传递器械的活儿也由医生来做。导管顺着血管的断面插了进去。近十个空着手的医生默默地静观着安装人工心肺机的过程。

房间里唯有吸引器和麻醉器的声音在回响。濑川渐渐感觉胸中憋闷喘不上气，像是被周围人扼住了喉咙，尽管进门后他和谁都没有任何接触，但却感觉浑身被束缚住一样。

"注射氢可琥钠！"重藤说道。

"几支？"年轻的医生问道。

"十支。"

"哎！！"瞬间，濑川失声叫起来。

他简直不敢相信眼前发生的这一切。他踮起脚看了看医生那双握着患者右臂点滴管的手。十支药液一气注入了患者的体内。

看着看着，他感觉某个人正在盯着自己，而且定焦的视线一直没有离开他的脸。

他慢慢地转过脸。盯在他脸上的视线也跟着转动着，那是一双锐利的眼睛。濑川感觉是在和对方的视线对决。转过脸，他慢慢抬起了头。

濑川几乎要失声叫起来。

重藤庸介褐色的眼睛直勾勾地盯着濑川的眼睛，睁得大大的。

瞬间，濑川垂下了双眼，就这样一动不动站在原地。

似乎过去了很长时间，但那只是濑川的一种错觉而已。时钟显示现在是十点三十分。

人工心肺机开始通过股动脉进行辅助循环。看到这里，濑川走出了手术室。

"濑川君！"

刚出手术室，重藤教授从背后叫住了他。他立马像被黏住一样停在原地。

"其实……这个年轻人已经脑死亡，意识也恢复不了，而且是O型血……"

重藤的声音温柔得让人毛骨悚然。

接下来是一阵短暂的沉默。

"我想试一试。"

刹那间，濑川心里猛地一震，感觉一盆冷水顺着脊梁浇下来。他意识到自己的表情已经僵硬。

"说服家属可能需要两三个小时，到时候拜托你了。"

原来如此，濑川点着头，心里的一系列谜团这下终于解开了。

十二

濑川默默无语地快步回到走廊上。白天满是各种各样病人的中央放射室那边现在也变得又暗又静。从这里穿过后爬上楼梯,三楼的入口处摆着一台可口可乐的自动售货机。往右拐,走廊两侧左右相对的是麻醉科和整形外科的研究室。研究室的隔壁是濑川的讲师办公室。

他开门进屋,紧随其后的笹原也跟了进来。

濑川落了座,笹原也坐在了刚才坐过的那张沙发上。濑川闭上双眼待了片刻,努力让自己镇定下来。他的心脏跳得厉害,就像能用手抓住一样。他忽地感觉这种心跳对自己无比珍贵,没有任何东西可以替代。

"刚才重藤教授都跟您说啥了?"

"你觉得会说什么呢?"

"不知道。"

"他要做心脏移植手术。"

"真的吗……"笹原下意识地欠了欠身，"给那个年轻人？"

"正相反，他只是捐献者。"

"那就是说，要用年轻人的心脏？"

"因为他是 O 型血，是万能的捐献者……"

"是吗？"

濑川站起身，开始在桌上寻找文献卡片。

"氢可琥钠的成分是什么？"

"是氢化可的松吧。"

"这种药的作用是？"

"防止休克。"

"使用时用量是多少？"

濑川对着桌子连珠炮似的一通发问。

"一支或者两支。"

"是的，还有什么别的作用？"

"除此之外……？"

"因为这是氢化可的松呀。"

"啊，抑制排异反应。"

"对了，刚才他说用十支。"

"那就是说，是为了抑制排异反应吧。"

笹原惊叹不已。

"大夫，那人工心肺机是干什么用的？"

"大概现在连胸也打开，切换成完全循环了。"

"为什么？"

"这样做家属能理解……更容易些……"

"就这个理由吗？"

"可能是，也可能不是。"

说到这里，濑川取出近十张文献卡片，把其中的一半摊在了笹原面前。

"你读读这些，总而言之，不学习就没有发言权。"

笹原点着头，但有一个问题想问个究竟。

"那个年轻人真的不行了吗？"

"不试试怎么知道？"

"试？试什么？"

"不是已经决定了吗？实施复苏术。"

"原来如此。"

"我们是麻醉科的医生呀。复苏术和麻醉一样都是麻醉科的重要功能。"

笹原现在也只能点头称是。

"那就完全……"

"不能那么说，你就知道下结论。做学问可不能随便下结论，得先学习之后再思考。"

"我明白了。"

"麻醉术和复苏术是一表一里的关系，实质是一样的。不过，做哪一个，对接受的患者来讲，就截然不同了。"

听了这番话，笹原兴奋得满脸通红。

"该怎么做，我们麻醉医生必须考虑清楚。"

笹原使劲点点头。

"你先读读这些吧。"

濑川坐到桌前，笹原借了这些文献卡片，走出了濑川的房间。

十三

晚上十一点，中央手术室的自动门开了，一位身着手术衣戴着口罩的高个子医生走了出来。

这位医生环视了一下四周，然后走进了磨砂玻璃隔成的家属等候室。

见医生到来，沙发上坐着的四个人呼啦一下全都站起身。

"您是患者父亲吧？"高个子医生隔着口罩问道。

被问的男子用眼神示意着点了点头。他看上去有五六十岁，身材消瘦，个头不高。

"我想跟您谈谈。"

父亲一听顿时满脸显出困惑，母亲仰着脸紧盯着医生的双眼。

"父亲一个人就可以。"医生的语调很平静。

父亲跟母亲交换了一下眼神，然后点了点头。

"请吧。"

医生走在前头，只见他走到十米外的自动门前，站到了门口的胶垫上，自动门伴随着低沉的摩擦声慢慢打开。

母亲和患者的弟弟妹妹伸着脖子，从敞开的自动门张望着里面的动静。只见门里一条走廊笔直到底，左右两排是手术室，可以看见里面横穿走廊的白衣身影。

父亲弯腰从那位医生的身旁走进门。那位医生一进去，门就自动关上了，就像有意要遮住他们的背影一样。剩下的三个人站在原地，一直盯着父亲的身影消失在门内。

第七手术室位于门左首第三间。来到门前，高个医生停下脚步，回头看着父亲。父亲的个头只到医生的下颚那么高。

"说实话……"

医生戴着口罩说话时只有露在外面的双眼在动。

"我们做了各种努力，都不理想。呼吸和心跳都是通过器械维持的。现在就是在靠器械勉强维持生命。"

父亲认真地看着医生的眼睛。另一位医生默默从两人身边走过。

"怎么看都没有救回来的希望了。"医生的语调低沉而清晰，"包括教授在内的全体医生都在现场，已经尽了全力。"

父亲这才开始点了点头。

"单凭我的话，您可能无法理解。这也难怪，因为……"医生说到这里停顿了一下，"现在请您亲眼看一下大家尽力抢救的情况。"

父亲胆怯地瞪大了眼睛。

"请跟我来。"

那位医生又开始走了起来。前面五六米的地方有一个小门就是入口。医生轻轻躬身走了进去，父亲随后也跟了进去。紧靠左边有三阶小楼梯，登到顶上有一个铁框是观察窗。

父亲爬上去伸头往里一看，顿时像当头挨了一棒，迅速转回脸来，极度的惊恐使他的双腿颤抖，身体摇晃。玻璃窗里面有数不清的穿白大褂的人，有的穿着和这位医生相同款式的手术服，还有的穿着包背式的手术服。所有的人从头到脚都是通身白色。

无影灯下的手术台上横躺着一个什么东西，四周围着无数白色的机器人。父亲隔着玻璃看到的情景就跟科幻电影里看到的一模一样，简直令他不敢相信。

"现在您儿子的胸腔已经打开了。心脏旁边的那根粗管连着的是人工心肺机。"身旁的医生在讲解。

父亲的脸紧贴着玻璃窗，想看一眼自己的儿子。

"砰、砰、砰"，医生敲了敲玻璃窗，四五个医生回头朝向窗外的两人。就像约定的信号一样，站在窗旁的医生纷纷左右分开，给父亲让开了很大的一个空隙。他看见昏暗的洞中一片暗红色，还看见一个映成红色的物体，有规律地隆起、凹陷。

"现在，他的心肺是靠器械维持运动，在人工心肺机的帮助下。"

除了敞开的胸膛以外，脸和腹部都蒙着手术巾，什么也看不见。

"黑的是肺，发红的是您儿子的心脏。"

父亲听了也不知所以。直到今天之前，他只看到过儿子的脸、背和手脚。只要看见一只手，他立刻就能认出是自己的儿子。一听说眼下被开了胸的就是自己的儿子，他却完全认不得了，不敢相信眼前的一切是真的。

玻璃的见习室听不到里面的声音。医生们就像表演哑剧一样不停地活动着，塑料管交错在患者上方，带着各种仪器的金属器械围绕着手术台。与其说是手术室，感觉不如说是一座现代化的工厂车间。

"器械一停下，您儿子就会马上死亡。现在也只是靠器械维持着，不过这也快到极限了。"

医生讲话就像是在讲解工厂内部情况一样。

"该做的我们都做了，请您谅解。"

父亲低着头。他根本没有反对的理由和气力了，只想尽快逃离这间玻璃见习室。

"在此我有个请求。"

医生转过身来，父亲眼前只看见一身白色的手术衣。

"我们想要您儿子的心脏。"

父亲不明白医生在说什么。

"做了这么多努力也没有救过来，所以希望您儿子的心脏能得到有效的利用。有个心脏病患者明天就要死了。我们想把您儿子的心脏移植给他。"

"移植？"

"是的。我们想用作心脏移植。"

"心脏移植……"

父亲低声重复着医生的话。他不知道眼前的这一切是现实还是梦幻。现在他满脑子都是儿子要死的噩耗，除此之外一片空白。

"请您从医学角度冷静考虑一下。不要让儿子白白死去。"

父亲茫然地望着玻璃的另一边。麻醉器、人工心肺机、气管插管、点滴瓶、白衣人群，这一切对他来说都是陌生的。他感到不安，好像自己被带到了一个完全陌生的世界。突然间，他感觉玻璃里面被人和器械围困其中的儿子更加孤单寂寞了。如果可以的话，他真想把儿子从玻璃房间里拽出来，浑身连接着器械的儿子好像在喊着想回家。

"我觉得，您一下子也下不了决心。请跟孩子的母亲商量一下吧。只是，我们再也帮不上他什么了，事到如今我们还可以帮助这颗心脏发挥更大作用，请不要忘记这件事。"

医生开始走下参观室的台阶。父亲又回头看了看玻璃窗，跟在医生身后。从见习室走到手术大楼的走廊，周围的一切依然平常如故。两人在自动门前停住了脚步。

"您去商量一下吧。我等着您。"

说完，医生踩下了踏板。自动门打开，家人出现在这位父亲的面前。

只见父亲面色苍白，像个梦游患者一样，走出手术区，来到他的家人跟前。

十四

午夜零点，从七日变成八日。

重藤庸介躺在教授办公室的沙发上。他觉得满脑子要考虑的事太多了，一时也理不出个头绪。

八月八日，星期四。

他凝视着桌子上台历上的这几个字。他在屏息思考着这一天对他自己意味着什么。

电话铃声响起来。

"喂喂！"里面传来佐木讲师的声音。

"怎么了？"

"患者的父亲答应了，可是他母亲还没有……"

"让他们看手术室了吗？"

"他母亲说是害怕。"

"马上让他们看，然后领他们到我这里来。"

"知道了。"

重藤再次仰身躺倒在沙发上。

午夜零时，手术室的两名护士躺在值班室的病床上。

三十分钟前，她们接到"心脏移植手术定于凌晨一点开始"的通知，目前手术器械已经全部消毒完毕。

两人身着白衣等待着。

同一时刻。

濑川准备回家。他走出麻醉科讲师室，来到了值班室。

"还没有联系？"

"没有。"正在躺着看书的笹原起身应道，"怎么回事呀？"

"可能还在做患者家属的工作吧。"

"家属不同意？"

"看样有麻烦。"

"可这都是为了科学的发展。"

"你这么想？"

"不对吗？"

濑川并没有回答笹原的反问，只是微微一笑。

"不管怎么说，我要回去。要做的话给冈村副教授打电话就行了。"

"可是……"

"当这台世纪手术的参与者吧。"

"什么？"

"算了，加油吧。"

说完，濑川快步离开了走廊。

十五

　　患者父母在重藤对面坐了下来。母亲一直用手帕捂着眼睛。父亲低着头一动不动。

　　重藤双手撑着桌子低下头说道："拜托了！"随后又重复了一遍。

　　患者的父母没有言语，母亲只是呜咽不止。

　　重藤低着头，脑子里却在依次追踪着移植手术者的名字，从巴纳德开始数到第三十个，连续数完了两遍。

　　"这样下去另一个人也会死，救活一个人比两人都死要好，就是这样，请务必考虑一下。"

　　他再次低下了头。

　　"拜托了！"

　　重藤低头俯视着眼前地板。为了逃避等待答案的痛苦，他紧盯着地板。这时候他才第一次注意到地板上褐色的棋盘状条纹，条纹的边缘有些发黑，以此为界连接着另一片棋盘条纹，地板通过条纹延伸到各个方向。他知道隐藏在前方桌子后面的是两个人的脚。他再次意识到，现在自己等待的是两个人的回答。

两人将如何回答呢？应该不会缄口不语。说些什么？是回答"可以"，还是回答"知道了"？

瞬间，重藤无法决定自己该做出怎样的表情。

该微笑？该直起身握住对方的手？还是该沉默不语低下头？这种情况下不知所措是理所当然的，能轻松做出选择反而可笑。

重藤觉得自己的思绪已经偏离了问题本身，处于一种十分奇妙的状态之中。

如果对方说"可以"，就立刻通知佐木，让医务室的人马上洗手，自己马不停蹄地赶往更衣室，凌晨两点开始动刀开胸，移植心脏，清晨五点结束。到早上五点也就一转眼的工夫。再过五个小时，自己肯定还会再次回到这个房间。届时是为手术成果心满意足？还是为宣告失败垂头丧气？或者因手术后患者病情危急手忙脚乱？总之五个小时以后，一切就会尘埃落定。

"可是……"他突然感到一阵不安。

真的会有这种时刻到来吗？现在谁也不能保证。这不是一个人就能决定的。如果眼前这两个人的其中之一说一句"不行"，那就前功尽弃了。那样的时刻大概就不会来了。那还不如干脆别来的好，那样也许会更轻松一些。可是，自己必须做，想做，要做。不管谁说什么，第一例要由自己来做。那是很久之前就下定的决心，现在打退堂鼓会被人耻笑。

他再次不停地数着地板上的条纹。他的膝盖微微发抖。

还没有回答吗？会怎样回答呢？如果不想回答的话，不回答也罢。从最坏的情况考虑，无论听到哪种回答都不会失望的。所以……

两人开始动起来。重藤感到一股杀气在慢慢升腾。他绷紧身体，紧紧夹在膝盖间的双手感觉有些生疼。他知道这个瞬间就要来了。

"可以……"

发话的是母亲。

如释重负的重藤望着这位母亲瘦小的脸庞。明亮灯光下的母亲满脸无助，刚才说出的那句话好像不是真的。他还是不敢相信。

"您同意了？"

面对重藤的反问，母亲点点头，忍不住呜咽哭起来。夜深人静的房间里回荡着她的哭声。听到这哭声，重藤才意识到，他们终于同意捐出自己儿子的心脏。

"谢谢，谢谢。"

突然间，重藤体内一下子涌上一股喜悦，就像一股奔腾的激流向他袭来。重藤站起身，伸出双手，分别握住了患者父母的手。

"谢谢，这样您的儿子就不会白死，他一定会最大程度地发挥作用。"

他说着，一边用力握着手。怎样才能表达这种感谢之情呢？他想张开手脚大声喊出来。他的眼前是患者父母的脸孔。

"一定……"

正要开口说话的时候，他好似意识到什么，猛然放松了两只手的力量。两人被他握着手，把脸背向左右两侧。说是握手，其实只是把手交给他托着而已。

重藤突然感觉脸上像遭到猛击一般。这时他这才意识到刚才的一瞬间自己得意忘形了。他想这下糟了。他就像蔫了一样松开手，闭上双眼，双手垂膝。

"谢谢您了。"

重藤低声说着，仿佛为刚才疯狂的瞬间感到羞耻。那也是他难以掩饰的心情。

两人双眼紧闭低头不语。重藤抬起头来的时候，孩子的父亲好像等着他一般站了起来。母亲双手掩面紧跟其后。两人逃也似的走向房门。

"克彦君的心脏今后还将继续活着。"

重藤说着，父母什么也没有回答就消失在了门外。

两人走后，重藤抱着双臂站在屋子中央。一种言犹未尽的遗憾令他有些堵得慌。他惴惴不安，总觉得心里不是滋味。

这一切都是为了跨越科学的壁垒而做的，他们真的理解自己难以自控的心情吗？这是他们理解后做出的回答吗？

这一点，重藤没有自信。但是他们答应了，也可以理解为是在某种程度上理解了。至少他们无疑已经接受了自己爱子不会醒来的事实。重藤觉得这样就足够了，至于自己作为科学家的信念，他们不知道也无关大局。希望人家完全理解到这一点是不可能的。自己也无法真正体会到父母把儿子的心脏交出来的心情。重藤凝视着黑夜中那扇倒映着自己脸庞的窗户玻璃，借以缓解沉重的心情。

"终于要干了。"

紧张和不安使他的面色显得格外苍白。

清晨五点，我一定会笑着站在这里。自己将会征服那堵高傲的墙。到那时不仅外科医生，甚至全国人民都会为之震惊。

在真正将到来的瞬间前，他全身充满了痛苦的喜悦。

"好！"

他大喊一声，瞪大双眼，像奔赴战场的勇士一样，转身走出房门。

空无一人的房间里，只有电风扇背对着重藤的桌子不停转动着。

第二部

一

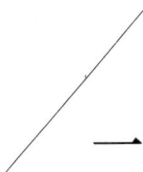

是日深夜，八月八日凌晨一点二十分，载着佐野武男的担架车从三楼胸外科病房经过电梯被推进了二楼的中央手术室。

他的父母来到电梯口送行。武男的担架车四周跟随着两名医生和三名护士，像在护卫重要人物一样。夜深人静的病房走廊一片黑暗寂静。因为天气炎热，房门没有关，取而代之挂上了白色的门帘。窗户紧闭，一丝风也没有，武男的眼里只看到黑暗中一个个门帘正在不停地向后移动。

担架车在电梯前停下，护士按下了上升按钮。红色键亮了起来，电梯开始从一层升上来。一、二、三……所有的人都鸦雀无声，默默地紧盯着显示上升的数字。

电梯门打开，担架车首先被推了进去。医生和护士进电梯的时候，武男微微抬起头望向走廊。他看见父亲和母亲站在门前，父亲双手叉腰，母亲双手抱在胸前。武男本想跟父母打个招呼，可大概是二十分钟前吃过药的缘故，他的头昏昏沉沉，感觉力不从心。

"爸爸真的老了。"正在他思考间，门从左边开始关闭。

与此同时，手术室的洗手台前，近十位医生正在洗手。每个人都穿着手术服，戴着口罩和帽子，打眼望去很难分辨谁是谁。有的刚开始洗，有的洗完了正等着穿消毒手术衣。

众人洗完的时候，重藤教授从更衣室走了出来。

他的个头虽然不很高，但肩宽胸厚。口罩上方的眼睛左右扫视了一下。洗完手的医生们默默地走向手术室。重藤的左手拿着刷子朝前站了站，像是确认似的凝视着镜子里的自己。

"气道。"

为了确保气道畅通，插完管之后冈村又用胶布交叉固定住口腔和插管，然后才按压起麻醉机的气囊。氧气和笑气以一比二的比例混合成的气体进入了佐野武男的肺里，此刻的他已经在硫喷妥钠静脉麻醉下完全进入沉睡状态。

血压高压一百一十，低压八十。

冈村抬头看了看手术室瓷砖墙壁上悬挂着的时钟。

然后他在麻醉时间记录表上一点三十五分的地方写上了 INT 三个字母。这是表示插管的英文缩写。

凌晨零点半，麻醉科副教授冈村晃接到胸外科佐木讲师打来的电话。因为第二天早上八点开始要担当第一台手术的麻醉，所以他在比往常稍早的十一点半就上床歇息了，被叫醒的时候刚睡熟。

"现在要进行心脏移植手术，这么晚麻烦您过来做麻醉行吗？"

佐木的声音很低沉。

"现在马上吗？"

"刚才一直在做工作说服捐赠者。"

电话一挂断，他马上叫了车。依山而建与电车并行的马路上看不到人影。铁轨和电线杆就像被人遗忘一般静静地抛在笔直的道路两旁。在深夜的街道上行驶的汽车中，冈村感觉自己有点兴奋。

当他从正门来到三楼副教授办公室的时候，麻醉科当值医生笹原早已等候在那里。

"就你一个人？"

"濑川先生刚才还在。"笹原答道。

"他知道要做心脏移植手术的事吗？"冈村边换白大褂边说。

"知道……"

"他怎么又回去了？"

濑川是讲师，遇上心脏移植这样的大手术却回去了，这是为什么？即使深更半夜也应该留下来观摩才好，这种机会可以说是千载难逢。冈村对濑川回去感到不解。

"没人邀请他？"

"好像他跟重藤先生在手术室交谈过。"

"那他为什么不干呢？"

"因为是对方来联系的……"

正说到这里，桌上的电话响起来。

"我刚到……是的，知道了，我马上过去。"

放下话筒，冈村用毛巾擦了一把脸提了提神。

"联系什么了？"

"没什么。说是有点问题。"

"问题？……哪方面？"

"捐献者方面。"

"就因为这点儿事回去了？"

"不，他一直在等。"

"现在不是说三道四的时候，眼下马上要进行心脏移植手术，我们应该在力所能及的范围内去配合好。"

说完这些，冈村一边系着白大褂上的纽扣一边沿着走廊一路小跑奔向手术室，笹原紧随其后。

插管造成的短暂的呼吸抑制结束后，佐野武男恢复了自主呼吸。麻醉机上的橡皮胶囊随着武男呼气和吸气开始反复胀缩。

手术所在的九号手术室，比普通手术室大一些。

旁边的七号手术室里横躺着开了胸的江口克彦。

四名医生正在围在旁边操纵着人工心肺机。

凌晨一点五十分，重藤跟在洗完手的医生们之后走进了九号手术室。

"辛苦了。"

重藤朝站在麻醉机前的冈村打了个招呼。

然后，他站到了患者右侧的中间位置。佐木站在他的对面。另外两名医师分别站在了重藤的左右，还有两名分别站在佐木的两边。总共六个人把武男围得严严实实。

与此同时，中尾和手下的两名医师进入了七号手术室。他们做好了准备，根据移植那边开胸手术开始后的进度随时摘出心脏。

"手术刀。"

听到重藤的声音，负责器械的大久保递上手术刀的刀柄。重藤把手术刀停在患者胸前，轻轻低下头，闭上眼睛，心中默祷。五个人都跟着他默祷。

"那就开始吧。"

重藤对全体人员说道。

刀尖一个小幅回旋，整个手术刀在胸中间平坦的胸骨上竖着划下去。

两点零七分。

冈村把这一时刻记录在了图表上。

手术刀切入的刹那间佐野武男没有任何反应。武男的状态与其说是麻醉，倒不如说是睡熟了。驾轻就熟的冈村把麻醉程度保持在手术需要的最浅的状态。患者口中的绿色开口器里插着两根金属的气管插管，像电线杆一样突出来。其中一根气管插管的根部连接着一个环状的黑色胶圈，又经过麻醉器连接着冈村右手握着的胶皮气囊。

武男的脸色有些苍白，跟平常一模一样。由于长年患有严重心脏病，武男的面部轮廓呈下颌尖尖的倒三角形，两颊的颧骨明显突出。

患者的胸骨上几乎没有肌肉。十厘米长的直线刀口切开后，直接露出了白白的胸骨骨膜。电动骨锯一启动，很快就将之竖向切断了。锯齿切割发出骨头烧焦的气味，助手用注射器往锯齿上喷洒灭菌水。锯齿穿过厚达一厘米半的胸骨，原本吱吱作响的电锯声一下子变得轻松下来。在切断胸骨的这段时间里，这位少年患者依然毫无知觉，安然处于沉睡之中。

长达十二厘米的胸骨从上到下被纵向切断，开创钩拉升创口，就像打开了两扇门，胸内的一切尽收眼底。

眼下就是心脏，可以说是近在咫尺。薄薄的粉色膜包裹着的心脏一览无余。这颗心脏有些肥大，像婴儿的头一般大小，而正常的心脏只有拳头大小。少年肥大的心脏沉重而倦怠地跳动着，就像手术前少年用忧郁的眼神望着窗外的样子。

重藤将人工心肺机静脉侧的导管连接到心房，佐木将动脉侧导管连接到左股的股动脉。重藤手下的助手个个手法娴熟动作麻利，没有半点拖泥带水。数量堪称全国第一的两千例心脏手术使他们积累了一身丰富的经验和自信。

"肝素。"

导管插入完成后，注入组织血液凝固剂——肝素，启动人工心肺机。电锯发出的噪音没有了，取而代之的人工心肺机马达声充满了整个手术室。这就是重藤教室去年秋天独家发明的"K医大连接法"，一台人工肺上连接两颗人工心。

冈村在麻醉工作表上的"人工心肺循环开始"一栏里记录下：两点二十九分。

眼看着人工心肺循环顺利，武男的创口盖上了纱布，重藤和佐木这才离开武男身边，来到第七手术室。

在第七手术室手术台上的那一颗心脏正大开着胸膛等待着来人摘出。

捐献者江口克彦的心脏就在重藤眼下三十厘米的地方。因为人工心肺供氧的缘故，那颗心脏依然保持着鲜红色。在医生们的眼里，它已经是无处躲逃的囊中之物。

墙上的时钟指向两点三十分。

重藤抬起头，下定了决心。他右手拿起手术刀的同时，左手握住了心脏。这一刻，他的手停住了，像是在感受心脏的跳动。不过，这个过程持续了不到五秒钟。

手术刀插入了心房壁上两层厚厚的肌肉，接着剜向后方。从心房壁、大动脉到肺动脉，逐层切断了身体与心脏的连接部分。最后右心房一端切断的一瞬间，重藤的左手才开始感觉到这颗心脏沉甸甸地落在了自己手里。

两点三十七分。

重藤的额头渗出了细细的一层汗珠。

他手里的心脏就像一块石头，突然被暴露在明亮的灯光下，显得困惑而羞涩。眼前的这个肉块简直就像一颗宝石，一时间令重藤神魂颠倒。

"培养皿。"

在一旁待命的助手连忙递上了盛满生理盐水的无菌培养皿。

心脏被放进直径三十厘米的大培养皿里，水面泛起波纹。透明的生理盐水里飘着那个鲜红的肉块。随着溶液的摇晃，心脏也跟着微微地摇晃，乍看上去还以为心脏在继续跳动。

在二十名医生的看顾下，这颗心脏显得十分安静。作为曾经支撑一个青年生命的肉块，它过于简单和平凡了，看起来简直就像一块破布。如果放在墙边或瓷砖上，肯定会被当成普普通通的肉块，任谁也不会注意。

"好。"

重藤点点头，离开了捐献者，再次回到第九手术室。

回到佐野武男身边的时候，重藤感觉有些不安。

这拳头大小的肉块真的能够让这位少年的身体动起来？真的能够让他睁开眼睛开口说笑吗？

重藤把视线移到眼前这颗肥大的心脏上。它就像一口布袋倒卧在那里，不规律地跳动着，不过这颗少年的心脏的的确确是在自主跳动。

这样的自主跳动，之后无疑还能继续维持上几天。现在要把它摘出来换上另一颗，将眼前这颗正在跳动的心脏摘出来，换上那颗不跳动的心脏。

这是进步吗？毫无疑问，是的。的确是在向前进步。不是后退，的的确确是在进步。

重藤抬起头，拂去了瞬间的迷茫。他那口罩上方露出的双眼像一对鹰眼一样炯炯发光。

"这是在前进！"他在心中再次呐喊。

瞬间的迷茫顿时烟消云散，只见他的左手抓住心房，右手握着的手术刀向着心房的底部挥动起来。

沙姆韦手术法——那种手术方法对重藤来讲可以说是胸有成竹。

"手术成功了，不过患者死亡了。"

重藤曾经不止一次地进行过说明。多半人听后哑然失笑。重藤对这些全然不顾，依然重复着同样的内容。

"技术上完全没有问题。这是目前人类摸索出的最佳方法。只是没有保住患者的性命而已。"

重藤深信这一点。心脏外科做到这一步已经很好了，正因如此，才有了现在的心脏外科，他虽然嘴上不说，心里却是这么想的。莫说在日本，就是在全世界，自己的技术也是出类拔萃的。事实上，迄今为止看过重藤手术的学者们也都一致认同他的技术。

对于沙姆韦手术法，重藤已经揣摩研究到烂熟于心的程度，可以说在梦中也能游刃有余。他留下左心房和右心房的后壁，摘出那颗肥大的心脏。它已经成了废弃的旧零件，不需要生理盐水养护了。心脏摘出之后，那里只剩下一个大大的空洞。

两点五十二分，重藤大吼一声：

"心脏！"

话音未落，早已等候在旁的那个培养皿被端递上来。从手术刀开始摘出旧心脏到现在用了十三分钟。

培养器中的生理盐水为十五摄氏度，里面漂浮着那颗失去活力的心脏。这颗在江口克彦的身体里跳动了二十一年的心脏在培养皿中只待了十五分钟，就再次派上了用场。重藤用戴着胶皮手套的手抓起这颗心脏，将那个哩哩啦啦滴着生理盐水的朱红色肉块移入了少年的胸廓之中。

缝合心脏壁用的是美国的慕斯灵缝线。按心房中隔、左心房回到心房中隔、右心房、肺动脉的顺序缝合。肺动脉连接处的缝合间隔为两毫米。接着缝合主动脉。完全缝合之前，特意留出了一些缝隙，以便挤出心脏腔内残留的空气。

"移植心脏嵌入完成。"

冈村在手术进程表里三点三十五分的地方做了如此记录。

"部分循环。"

随着重藤的指示，人工心肺由此前的完全体外循环改为了部分循环。全身的血液徐徐地回流进了新植入的心脏里。十分钟过去，没出现异常。

重藤目不转睛地盯着植入的心脏低声说道：

"停止。"

话音未落，最后的部分循环也停止了，至此人工心肺完全停止运行。与此同时，刚才通过人工心肺进行全身循环的血液不断回流到了心脏之中，植入的心脏眼看着充满了血液。

跳动吧！重藤心中默默祈祷。

心脏在充满血液的瞬间没开始跳动的话，说明血液没有贯通全身。

如果心脏没开始跳动，可以再次启动人工心肺。但是，依靠人工心肺顶多能维持两个小时。第一次没启动的话，便只能在这期间进行电击，促使心跳自行恢复。

到底会不会跳动起来呢？要是不跳的话，不，这都是后话，眼下不应该考虑这些。

眼下要冷静！重藤责骂着自己。

狗的心脏充满血液就立即开始跳动。那样的场景他曾经目睹过无数次。

但是人会怎么样呢？世界上有三十个正在跳动的成功案例。这不是最好的证明吗？

重藤心里不停默祷：希望一次就启动起来，如果成功启动自己少活十年也值得。孩童般稚气未脱的想法掠过了重藤的脑海。

就在这一瞬间，他的两眼呆滞了。

"启动了。"

心脏的的确确开始跳动了。那颗心脏昂起头，旋即又低了下去。

"是窦性心律！"

佐木大叫一声。

"先生您看……"

三个人紧盯着心脏，异口同声惊呼起来。

重藤紧绷的表情一下子放松下来，笑容从心底迸发出来。"好！"他不禁脱口而出。没错，心脏在跳动，这颗刚才还在另一位年轻人胸膛里的心脏。

"这家伙！"重藤真想在这颗心脏上敲上一敲。

"真的跳起来了……"

只见这颗心脏专注地跳动着。它看上去可爱到令人流泪。它就像接受了指令一样分毫不差地跳着，有种令人疼爱的温顺，让人看了真想上去抚摸一番。重藤心想，正因为此，自己更不能停止这种手术。

围在四周的医生们也发出了呻吟般的欢呼声。整个手术室都陶醉在眼前的人体奇迹里。

一门之隔的第七手术室里，中央的手术台上躺着一具苍白的尸体。他的胸膛正中留着一条笔直的创口，创口是用三号线缝合的。

他的周围空无一人。参加摘出手术的医生们也都跑到隔壁的移植手术那边去了。一阵忙碌之后，捐献完心脏的尸体已无人问津。

赤条条的尸体仰卧在空空如也的房间里。他的脸朝着正上方，鼻梁突出。在通亮的无影灯下，尸体已经开始僵硬。

二

　　从手术室下三层楼来到地下的太平间里，四个人围坐一团。父母铺着坐垫，弟弟妹妹拥着棉被。四个人的面前各自摆放着没有喝过的淡茶。

　　四个人默默无语。母亲的头埋在一双手掌里，她已经哭不出声来了。两个孩子像受了训斥一般，双手扶在膝盖上一动不动。父亲的右手握着一张白纸。那是死亡诊断书。

　　江口克彦　21 岁

　　死因：溺死

　　死亡时间：8 月 7 日　晚上 10 时 20 分

　　这些文字，父亲反复读了不知多少遍。读来读去，上面的字还是依然如故。尽管他知道内容已经不会再变，但心里却在幻想着奇迹的发生。

或许儿子还会苏醒过来吧？他被这种妄念搞得精疲力竭。

要是儿子真的死了，他想尽早见到尸体，只有见到尸体他才能从这种错觉中解脱出来。

确认心脏内的气泡完全消失之后，开始缝合剩下的部分。这时，重藤停住手，继续观察移植心脏的状态。他用纱布反复按压每一处缝合部位，检查是否有血液渗出。如果过早地关闭心包后有血液流出，心包内会充满血液，压迫心脏跳动，导致脉搏停止。此刻必须慎之又慎。

整整一个小时，重藤一直在守护着这颗移植的心脏。由于注射了促进血液循环的盐酸异丙肾上腺素，患者的心跳准确而有力。即使是在足以将血液输送到全身的强大压力下，缝合部位也没有出现一处渗血点。

"没问题了。"重藤胸有成竹。

原先的心包对于新的心脏来说太大了。重藤从前侧压缩了心囊，在中间插入了一根细细的导管，以防出现渗血。

在心包的包裹中，心跳依然如故。

"缝合。"

重藤隔着器械台给冈村发出指示。

"明白。"

从现在起，接下来就犹如征服峰顶后开始下山一样。不会再犯错了。

"全身状态怎么样？"

"血压一百四到一百一。"

"Good, thank you."

重藤头回说出这样一句轻松的英语。此言一出，足见此刻他的兴高采烈。同事们也都吐了一口大气，先前的紧张一下子松弛下来。

胸腔缝合很顺利。这些步骤以前操作过多次。将纵向切断的胸骨用金属丝固定起来，按照皮下组织、皮肤的顺序缝合。助手们对重藤的习惯了如指掌，每个细节都烂熟于心，没有半点拖泥带水。

四点五十分，手术全部结束，佐野武男的胸部中央只留下了一条十二厘米长的创痕。时间过去了近三个小时。

"辛苦了。"重藤说着深深地鞠了一躬。医务室的人还是头一次目睹重藤如此鞠躬。

去更衣室脱下手术服换上普通的外科白大褂之后，重藤再次来到了手术室，自己拿着听诊器测血压。只见他闭上眼睛侧着头听心音，要是没人说这是一颗移植心脏，谁都会认为是正常的心音。真是不可思议。明明是自己做的，却令他不敢轻易相信。听着听着，他的眼眶红润了。他想喊出来。为了掩饰心中的喜悦，他快步走出了手术室。

一出自动门便是家属等候室。那里有两个人影。昨晚之前在那里的是江口克彦的家属。不过，现在换成了佐野武男的父母。瞬间的疑惑令重藤不由得注目凝视。

佐野的母亲跑过来。她个头矮小，还驼着背。

"没事的。状态良好。"

说完这句，他立马又补充道："那颗移植的心脏。"

两人凝视着重藤的嘴角点了点头。

"接下来就转到重症监护室，不能马上见面，但不必担心。请你们到隔壁房间休息吧。"

两人才想起，从昨晚七点钟接到通知说要做移植手术后来到这里，到现在已经过去将近十个小时了。父亲想，现在得赶紧给家里挂个电话。

"现在看，您的孩子没有危险。"

"非常感谢。"

重藤并没有顾及低头鞠躬的患者父母，径自顺着右侧的楼梯上了楼。

此刻东方的天空已经泛出了鱼肚白。上到楼梯一半，他停住了脚步，凝视着云霞中泛红的天空。"到早晨了。"他口中喃喃自语，却没觉出一点疲劳。

他在走廊大步流星地走着，周围病房里一片寂静。他穿的院内专用工作鞋是橡胶底的，所以走起路来没有动静。走到尽头左拐后再往前二十米就是教授办公室。闭眼低头，他感觉自己的眼泪几乎要涌出来。于是重藤努力睁大眼睛，摇晃着肩膀走着。他不明白为什么，只是拼命忍耐着。他感觉有一股力量在把自己整个人往上推。对医务室同事的感谢，对捐献者的感谢，对佐野武男的感谢，对双方家人的感谢……不，他自己也搞不明白。总之，如果就这样一个人在房间里倒在沙发上，他担心自己会立马放声大哭。

八日下午一点，富塚在 N 报的札幌支社。编辑部主任须贝是两年前从总社调来的。

"到最后还是死了？"富塚坐在报道部一角的桌前托着腮问道。

"十点半警方确认的。"须贝一边来看着来稿一边回答。

"好不容易送到了大学医院，结果却……"

"既然送到大学医院也没救活，看来真的是没救了。"

尽管须贝一个劲儿地宽慰，富塚依然无法释怀。

"没救说没救不就得了，为什么不早宣布呢？"

他依然不依不饶喃喃自语。

昨晚自己辛辛苦苦写的那篇关于复苏的报道，随着患者的死去也就没有了价值。

"大学医院一天要死好几个人，大概是工作太忙没来得及联系吧。"编辑部主任摇着扇子说道。

富塚凭窗俯视着眼下的车流。虽然从早上到现在什么都没吃，但他一点也没觉得饿。去吃荞麦面吧。他一个人出了报社的大门。

大楼的墙壁和柏油路面一齐反射着夏日的阳光。富塚走进了一家门前走道洒着水的荞麦面馆。

如果这个青年死了的话，可就是今年兰岛的首例溺死事件。富塚一边吃面，一边回想着采访时的所见所闻。

三十分钟后他回到报社，编辑部主任匆匆地招呼他。

"喂，富塚君，待会儿去跑趟 K 医大怎么样？"

"有什么事？"

"胸外科的重藤教授好像有消息要发布。"

"又是他呀？"

富塚并没有显出特别兴奋。

说起 K 医大的这位重藤教授，他主动邀请新闻记者这件事可是出了名的。诸如：现场直播手术、首次使用人工瓣膜、国外患者慕名而来要求手术、建成高压氧舱……每件事都想办法在报纸上发布。有人说，他今天的名声与学术未必有多少关系，媒体的公关起到了相当的作用。和他见一面，新闻记者们反倒感觉自己被他利用了。

"正好夏天没啥料，我赏你们点儿素材吧。"

编辑部主任也深谙重藤喜欢放大话的特点。

尽管有人背地里说他是在假借学问之名沽名钓誉，但也有患者因此得知心脏外科的存在而获救。再说，眼下的夏天新闻素材不多，他犯不着信口雌黄。

"说是两点二十分在胸外科的医务室。"

现在已经两点多了。

"晚报是赶不上了呀。"

"没关系的。"

晚报四版的最终截稿是两点。须贝本就没打算赶上晚报。

"顺便打听一下昨天那个溺水者的情况。"

"这次是什么话题？"

"不晓得。"

"又是那个'手术成功了，但患者死了'的家伙？"

富塚说罢，主任苦笑起来。

"就这样。找个人带上相机一起去吧。"

"知道了。"

富塚喝完女同事拿来的冰镇麦茶，然后出了门。

K医大胸外科医务室位于西楼四层的中间。

"这是第几回了呀？"

富塚一边登上正面大门右手的楼梯，一边数算着来见重藤教授的次数。富塚回忆，一年至少来两三次，自己来札幌两年时间，应该有四五次了。

"结束之后喝点茶再慢慢回去吧。"他边走边对同来的年轻摄影师说。

医务室很快就找到了。从敞开的大门望进去，里面有很多人。

"叫来的人可真不少呀。"摄影师悄声对富塚说。

各家报社赶来的记者有二十多个。越过前面人的肩膀，才勉强看见坐在对面的重藤教授。他的左右坐着四五个医生，将他团团围住。

"脉搏，八十，体温，肾脏，功能，都很好。"

重藤教授的说话方法很独特，张着大嘴两字一顿，还听得出词尾在颤抖。看样子正式的发布好像已经结束了。

身为记者的第六感非同寻常，他立刻戳了一下身旁正在飞笔记录的记者的肩膀。这位相熟的记者是 A 报社的。

"什么事？"

那人并没有回头，一边写一边悄悄把下面的一张纸片递了过来。

富塚一边听着重藤那反常又困惑的声音，一边读着手中的纸片。

八日凌晨，医大附属医院进行了日本首例心脏移植手术。截至八日下午两点，接受手术的患者情况良好，手术几乎可以说是成功的。

实施这台手术的医学博士重藤庸介今年四十八岁，是该大学胸部·心脏外科研究室主任教授。

读着读着，富塚感觉浑身开始发热。他把脸使劲贴上去又仔细读了一遍，还是一样。

这是一篇惊天动地的报道，是超级重大的重大新闻。

镁光灯噼噼啪啪闪个不停，重藤教授独特的腔调越过人群传了出来。富塚一边慢慢地穿过那群记者朝后退去，一边还拽着跟在自己身旁侧后方那位摄影记者的胳膊。现场的记者个个都血脉偾张。两个人好容易才来到走廊上。

"想办法，把他讲的话一五一十都记下来。"

富塚扯下一张纸片递给了摄影师。

"怎么了？"

"心脏移植。"

摄影师听罢也感觉难以置信。

"总之，只得到这些消息。"

富塚就这样跑出了走廊。

"重藤这家伙，重藤这家伙……"他在嘴里不停地念叨着。

刚好在五十米开外有一部投币电话，恰好在胸外科护士站的前面。他二话没说伸手从裤子口袋里掏出了十元硬币。

接着他拿起话筒拨通了报道部的电话。

"改版吧！"

到三点还有一会儿。他在焦急之中等待着确定晚报头条改版的电话铃声。

四

在八日的晚报上，以中央三大报①为首的各大报纸都把心脏移植的新闻登在了头条。

N报在全国版的通栏上抽换了六段。报道是由正文和杂感组成的，正文主要叙述事件的内容，杂感则包括相关人物的简历、照片和谈话。

当天N报的报道在宣布移植手术基本成功之后，继续写道：

心脏是一位因事故死亡的20岁青年捐献的。现在移植给了石狩郡E町一位公司职员佐野由一的次子武男君。

重藤教授当天下午2时20分宣布，武男患有心脏瓣膜病，学生时代就不能参加体操等运动，1964年开始一直卧床。表现为二尖瓣闭锁不全、三尖瓣闭锁不全和主动脉瓣狭窄三症并发，导致

---

① 《朝日新闻》《每日新闻》《读卖新闻》合称"中央三大报"。

心脏异常肥大。

手术由重藤教授主刀，并率 20 名医生组成团队实施，从 8 日凌晨 2 时开始，到清晨 5 时结束。

截至当天下午 2 时，患者的血压保持在 130mmHg，呼吸每分钟 20 次，脉搏每分钟在 70~80 次之间，体温和肾脏功能均正常，手术前肿成巴掌大的肝脏缩小了。

这是一台大手术，在用药和麻醉方面实施了严格的隔离治疗，整个过程都很顺利。

其后的杂感部分，N 报只刊登了重藤教授的简历和照片，看得出有些是勉勉强强凑上去的。

四点和五点，全国的电视和广播都相继播发了心脏移植的新闻。

K 医大向记者们开放了三楼的会议室。

各家周刊记者也纷纷赶来采访。

N 报札幌支社的报道部里人头攒动。

富塚的首条消息传来后，部长一声令下，全体记者一起上阵，成立了临时班子。来自东京的询问电话此起彼伏响个不停，总社社会部还往这里派出了增援的记者。

在支社成立的心脏小组里，一直负责大学的坂井担任组长，富塚进行从头到尾的具体事务操作。坂井今年三十六岁，是个大高个儿。他年富力强，一直负责与警方、道厅和市政府打交道。

此前富塚曾经和他一起跟警方和道厅打过交道，所以心里了如指掌。总之，能在地方上负责如此重大的事件，真可谓千载难逢。部长以下的四位主任编辑也都彻夜守候在编辑部里，富塚和坂井轮流在 K

医大的记者室里蹲守。

"今晚上是别想睡觉喽。"

富塚一边把毛毯塞进报社的车里，一边心里想，自己十有八九暂时是回不了家了。

下午五点，记者招待会再次召开。

宣布的患者情况基本和上午相同，体温三十七度，脉搏八十二，呼吸一分钟二十次。

"请问一下捐献者的姓名。"

面对记者的问题，重藤教授答道：

"目前阶段不便公开。"

记者招待会结束后，富塚便向着胸外科病房的方向走去。他看见走廊上三五成群的患者在窃窃私语，医生和护士急匆匆穿行其间，表面看上去一切平静如常，但整个住院楼里都充满着紧张的气氛。

当他走近护士站旁边那部公用电话的时候，富塚注意到对过有位护士正在朝自己这边张望。护士又瘦又高，右手拿着点滴瓶，大概是近视的原因，微微眯着眼睛。富塚感觉这个人似曾相识，一时也记不起曾在哪里见过。她似乎也注意到富塚正在窥视着靠近。正要擦肩而过之际，那护士停住了脚步。

"噢……对不起，您是富塚先生吗？"

"我是富塚……"

"果然没错。我是伴野，伴野绢子。咱们是高中同学。"

"啊，是伴野。想起来了。刚才我就觉得有些面熟。"

富塚细细地端详起眼前一身护士装束的伴野绢子。黝黑的肤色，微微上挑的单眼皮眼睛也跟高中时候完全一样。富塚今年二十九岁，同班的她想必也一样。

"你啥时候进这家医院的？"

"五年前来的。"

高中毕业已经十年了。大概是五六年前同学会上，听人说过伴野绢子当了护士。这次见面是毕业之后的第一次。

"你在这个科？"

富塚朝着胸外科的护士站示意了一下。

"是的。"

绢子微笑着答道。绢子的护士帽上横着一条黑线，右侧有一枚代表正式护士的蓝色徽章。

"是胸外科呀。"

富塚不禁提高了声调。在接下来要奔忙采访的重要地方遇到了老同学，此刻犹如他乡遇故知一般。真可谓得来全不费工夫，富塚高兴地笑起来。

"你现在在……"绢子刚要开口问就想起来，"在报社？"

"在 N 报社，现在在采访心脏移植……"

恍然大悟的绢子点了点头。这时一个护士用担架车推着病号从他俩身边经过。绢子悄悄朝那边望去，富塚心里也在惦记着报社的事。不过，就这么分别的话，难得的机会就会溜走。

"另找机会见面好吗？……明天怎么样？"富塚下决心试探着问道。

"可以吗？"

见面的理由是工作上的事，所以他可以轻松地说出来。不过要是绢子知道他的本意的话，大概不会开心吧。

"真的是好久了。"

他再次端详起绢子。虽然她身材苗条，却缺少青春的活力。

"那么，明天再电话联系。"

绢子没有回答是否见面，而是轻轻鞠了一躬便往病房走去。

"好，我不会输的！"

望着绢子一袭白衣的背影，富塚默默点了点头。

从晚上七点开始，部长为首加上总社社会部的记者在内总共二十人，在 N 报报道部里召开了采访会议。

会上了解到一些学者提出了批评意见，而 K 医大内部的其他科却出乎意料地平静。是漠不关心，还是故作镇静，或者还有其他原因？这方面有必要探究一番。

由于对组织适应性、排异反应、血型和捐赠者等状况都一无所知。因而会议确定了不一味追求抢头条，而是以科学无误为目标的报道方针。

会议八点半结束，富塚总算吃上了晚饭。

他像一直习惯的那样，一边吃猪排饭一边浏览桌子上的报纸。自己采写的报道占据了全国报纸的大半个版面，这让他兴奋不已。

平时只是在地方上围着警察转，如今亲自搞出了这条轰动的大新闻，虽然辛苦，但也满足。

最晚出的札幌晚报三、四两版都被心脏移植占了个满满当当。患者父母的笑脸和 K 医大胸外科医生团队的照片，记录着决定做手术的来龙去脉，有些地方直接使用了富塚写的报道。他读了一遍又一遍。

快吃完饭的时候，他注意到同一版面的角落上一则《一青年在兰岛溺死》的标题，这是一段不到十行的所谓豆腐块新闻。

7日中午，江口克彦（21岁）在兰岛海岸溺水，经过红十字会、警察署和现场人员的努力，暂时苏醒被送到小樽能登医院后情况恶化，7日夜转院至K医大医院后出现呼吸困难，于当夜死亡。

　　在心脏移植的大幅报道旁边，这个小豆腐块显得微不足道。一定是有人在富塚他们去K医大的时候整理出来的。

　　在医大死亡，21岁。

　　他又读了一遍，不禁犯起了嘀咕。

　　"不就是这个青年吗？"

　　是故意，还是笔误？二十岁和二十一岁，年龄相差一岁。可是昨天晚上在K医大意外死亡的青年，打听了半天也没找到下落。

　　"这里面肯定有猫腻。"

　　富塚把报纸摊到了须贝的面前。

　　"等坂井回来就知道了。"

　　半个钟头之前，坂井跑去溺水身亡青年江口家去了。

　　"记者会之后，我给医务室打了电话，当时胸外科的医生在电话里确实说过是在兰岛，这个千真万确。"

　　"但他们可能要求我们不要公开捐献者的姓名。"

　　"听说发布消息的报社表示拒绝采访。"

　　"好不容易追到了节骨眼上，太遗憾了。"

　　要是在溺水者送到K医大之后继续穷追不舍的话，大概心脏移植的新闻就会先于其他报社发出来。想到这里，富塚心中沮丧不已，像失手漏网了一条大鱼一般。

"主任，问问能登医院怎么样？如果是真的话，院长肯定知情。"

"好主意，去试试看。"

富塚当即拨起了电话，这个号码昨天一天就拨过三次，现在还背得下来，经过一次转接，院长终于接了电话。

"我是 N 报记者，今天上午 K 医大心脏移植的捐献者是不是昨天送到您医院那个叫江口的青年？"

"……"

"是您把那人送到 K 医大的吗？"

对方沉默不语，没有回答。

"是这样吗？先生。"

"这个我不清楚……"

"没跟您联系吗？"

"不知道。"

矢口否认反而更令人生疑。不耐烦的富塚开始主动逼问。

"K 医大说就是那个青年。"

停顿片刻之后，院长答道：

"也许是，也许不是。"

院长的回答模棱两可，再怎么问下去也是白搭。于是，他放下了听筒。

"他说不太清楚。"

"越来越奇怪了。"

须贝手托着下巴说道。

从傍晚就聚满了记者的 K 医大医院三楼会议室里，陆续搬来不少临时床和睡袋。各报社炫耀实力一般大举搬入，同时架起了临时电话。

接下来的几天要在这里坚守阵地，这帮一线记者的生活将完全取决于佐野武男的身体状况。

晚上九点，坂井和摄影记者回来了。

"怎么样？"主任迫不及待地问道。

"问过他父亲，他说他认为他儿子的心脏不可能被摘取。"

"奇怪的回答。"

"他母亲呢？"

"他们不想见我们，最后软磨硬泡才勉强见上他父亲。"

"这就铁板钉钉了。"主任喃喃自语。

"说是心脏移植成功了，可那边今晚都在守夜。"

坂井此语一出，大家一下子陷入了沉默。

五

那天深夜，重藤切断了医院以外的所有电话，躺到床上。他感觉身体筋疲力尽，而大脑却格外清醒。他闭上眼告诫自己赶紧睡着，可翻来覆去难以入眠。过了一会儿他开始似睡非睡，但总是睡不沉，一直在睡眠和现实之间徘徊。昏昏欲睡之中，一幕一幕的场景在脑海里浮现起来。

先是婴儿头大小的肥大心脏，然后是培养皿中紧缩的小心脏像听话的乖孩子一样一动不动待在里面。他抚摸着它的表面。

心脏接到窦性心律的指令跳动起来，和此前研究推演的完全一样，分毫不差，犹如精准计算过一般，准确到令人伤感。一只驯熟的狗得到了指令，将扔得远远的木片捡回来，又拿回了一块儿白色的肉团子。

"这不是心脏吗？"

听到他的训斥，那条狗俯首蹲下。

心脏在拼命地跳动，"扑通""扑通"，就像一个抽水泵的小人一样不停歇，温顺听话到畏手畏脚的程度，而且从不欺骗偷懒。"简直了！"他捧腹大笑。这种老实和努力甚至有些可笑，令人笑出眼泪，笑痛肚皮。

记者们的脸贴近纸面认真地做着记录，把重藤的话一字一字记下来，生怕出半点差错，重藤"啊"一声停顿，铅笔就停下，"啊……啊"两声，便又停下来。他笑，记者也笑。他一闭上嘴，他们顿时露出哀求与不甘心的表情。"啊，啊……"他再度笑起来。所有记者也冲他哄堂大笑。

"巴纳德、坎特罗威茨、沙姆韦……重藤。"

呐喊声响起。国际外科界的巨头们并列在前排，仰望着站在舞台中央的他。有金发碧眼，有鹰钩鼻子。有美国人，有德国人，有犹太人，后面还有日本人。掌声响起。不，掌声一直就没断过。

"第一个，在，日本！"

所有人都站起身伸出手，握也握不过来，有伸手拍他的肩膀的，也有拍他脑袋的，还有吹起口哨的。人群涌来，他都快站不住了。

"他就是重藤博士！"人们惊叫着，向他投以仰慕的目光，由远及近，追逐着他。他稍微一回身，人们全都瞪大眼睛关注着他。通道上挤得满满的，行走都困难。也有的人在角落里垂头丧气。T大、L大、M大……这些教授都是来自外科领域重镇的巨头。他不断地伸出手。"谢谢。谢谢。"每个人都毕恭毕敬地陪着笑，点头致意。

这家伙也是可笑，令人笑出声来。他感觉自己睡梦中也在笑。大家都在笑。其中有大眼睛也有小眼睛，眼角的鱼尾纹都笑得很深，眼珠子在转，旋转起来像陀螺一样。突然间，他发现自己身陷旋涡之中，像落入陷阱一样垂直跌下去，旋涡逐渐收缩，深深的底下可以看见一点蓝光，冰冷的火焰在凝视着自己，两只眼睛紧盯着他，十字准星慢慢地回旋着将他锁定。之前围住自己的人群如退潮一样散去，周围一下子如隆冬般寂静无声，眼睛里的火焰在熊熊燃烧，仿佛要将他吞没。

"那人真的死了吗？"

他大吃一惊循声回望。这是谁说的？环视一圈，四周的石壁无声无息。他刚要开口，四周一片哗然："当然……"

"死了吗？"

仔细一看，石壁表面有无数的花纹，像爬虫的脊背一样。在密闭的室内，这声音发出波纹样的共鸣，把他逼上绝路。

"我发誓，我向神明发誓……"

使劲跑，使劲跑，可他的腿却根本不听使唤，沉重无力，让他无法相信这是自己的肢体。

"必须有人来做。即使不是我也会有别人……"

他继续跑。他感觉自己马不停蹄地在一路狂奔着，一条笔直的道路从远方的地平线一直延伸到眼前，耳畔时有笑声如雨，旁边有人在讲单口相声。

"为了什么？"

"为了科学进步，为了人类幸福……"

他听到一阵无奈的笑声，那笑声粗野而沙哑，接着又是一阵笑，劈头盖脸的笑声。

他一门心思继续奔跑，感觉又白又软的东西没过了双脚。极目望去，四周都是低矮的灌木。无论怎么跑，地平线依然如故。他在没过双脚的火山灰地面上跑个不停。

"你怎么了？"

重藤被妻子摇了两下后醒了过来。

"你做噩梦了。"

听见妻子的声音，他慢慢走出梦境。他从腋下到胸口全是汗水，感觉全身脏兮兮的。他爬起身，点亮了起居室的灯，夫妻俩喜欢的华丽西式家具在灯光下熠熠生辉。现在是凌晨四点。他隔着窗帘缝隙望去，东方的天空已经微微发亮。一直睡在沙发上的那条腊肠狗抬起头茫然望着他。

"给我来杯冰水。"

说着，他静静地抚摸起靠过来的小狗的耳朵。

第二天早上刚刚六点，他被电话铃声叫醒。电话是昨晚约好的那位电视早间节目制作人打来的。

起床后连吃饭的工夫都没有，车就来了。

做完电视节目，他径直去了医院。八点多一点他走进了佐野武男所在的重症监护室。主治医生佐木讲师以及手下的六名医生和两名护士从昨天晚上到现在一直守候在病房里观察情况。

由于报社、杂志社、广播电台加上国外打来的电话，查房过程被中断了五次。

患者尚未醒来，但总体状态良好。给医生们下完指示后，他来到对面的空病房里看望患者的父母。

虽然房间里放着床和借来的被子，但两人都没有睡。

"二位父母，武男君没事的！"

一听重藤这番话，两人的眼睛湿润了。

"去听一下心音吧。"

两人换上护士拿来的绿色无菌罩衫，戴上帽子和口罩，跟随重藤走进了治疗室。

武男的右胳膊和两只脚踝三处都挂着点滴，仍在进行机械呼吸。

"就这样听听看吧。"

面对递过来的听诊器，父亲有些不知所措。佐木医生立马把听筒按到了他的两只耳朵上。

"听见了吗？"

父亲按了按耳朵上的听筒，点点头。母亲一边听着，一边用手捂着武男的指尖，不停地流泪。

"没事了。请安心休息吧。"

父母二人把信赖的目光投向重藤，鞠了一躬。

六

　　手术后，佐野武男的身体曾经出现黄疸、心律不齐等需要注意的信号，不过从第三天开始渐渐好起来。

　　"虽然比预想的要稍慢一些，但总体上正在缓慢恢复。只要不出现心跳停止那样的突发事故就不要紧。目前也没发现排异反应最初会出现的肺炎或其他并发症。"

　　在早晨的例行记者招待会上，重藤教授胸有成竹地回答道。

　　第三天下午的记者招待会上，重藤教授第一次公布这次心脏移植手术中捐献心脏的青年是 R 大学四年级学生，二十一岁的江口克彦。

　　"他父母同意这样公布吗？"

　　"他们克服了悲痛之后同意了。"

　　重藤教授回答了记者团的提问。

　　记者们已经获悉，捐献者就是四天前的中午在兰岛海岸溺水的那个青年。 他们虽然知道但没有在报上发新闻，是因为重藤教授强烈要求他们在得到家属许可之前不得发稿。 因此对他们对捐赠者的情况已经有所了解，眼下他们想知道的不仅是捐赠者的姓名，而是捐赠者家属的心情。

"我从心底感谢为了医学进步做出这一伟大决定的家属们。"

说到这里，重藤泣不成声。 他的右边坐着捐赠者的父母、在西式裁缝学校上学的妹妹和上高中的弟弟。

面对低眉垂首悲痛欲绝的四位家属，就连记者们也不忍心开口发问。 几分钟的沉默之后，A报的记者终于开口了。

"请问父亲，您当初赞成捐献心脏吗？"

听到这个提问的一瞬间，父亲轻轻欠了欠身。

"如果可能的话，我当然想把它留给自己的孩子，可他们说无论如何也救不回来了……"

"一开始您就答应了吗？"

父亲紧咬着嘴唇点了点头。

"妈妈呢？"

"最初我是反对的。 可是到手术室看到那么多的医生在拼命抢救，最后没有救活，也就没有办法……"

"您曾经反对过吗？"

"最初和他爹谈的时候，我是不同意的。 可是孩子眼看着不行了，我跟着他爹去手术室看的时候，一看见孩子的样子就惊呆了，当时就站不住了。"

说到这里，母亲用手帕擦起了眼睛，声音也呜咽起来。

"医生们想尽了办法抢救孩子……听说没法救活之后，我决定捐献。"

"捐出儿子的心脏，您是什么样的心情？"

母亲歪着头若有所思，一边叠着手帕一边说。

"反正孩子已经走了，化为灰烬了……我想儿子也一定会很高兴的。"

说到最后她哭成了泪人，根本无法听清她说的是什么。

"哥哥的心脏依然活着，您怎么看这件事？"

记者问在母亲身旁低着头，比哥哥小一岁的妹妹。

"我觉得哥哥还活着。"她当即答道。

"在你的印象里，哥哥是什么样子的？"

"他是个好哥哥。"

"你此时此刻在想些什么？"

"我觉得这是件好事。哥哥也一定这么认为。"

说完，她一下将白皙的脸侧向一旁，一副不接受这一切的固执表情。

"如果武男还活着的话，你最想对他说什么？"

妹妹和弟弟相互看了看。

"他永远是我的哥哥。"弟弟说道。

"我会说，祝他长命百岁。"妹妹补充说。

一旁的重藤郑重其事地点了点头。

与低头抹泪的父母截然相反，妹妹和弟弟昂首挺胸。二十岁的妹妹眼睛又圆又大，看上去像是在盯着空中的一个点，向什么发起挑战。

采访到此结束。

重藤走出房间，医生们紧随其后，记者们一哄而散。家属直接穿过走廊，又回到了临时改作休息室的研究室。

富塚紧追上去。

"这位妈妈，这位妈妈！"

听到呼叫，家属们个个都像贝壳一样双唇紧闭不愿回答。

休息室门口站着一位亲属模样的人。

"您是死者的亲属？"

只要是亲属管谁都行，富塚上前打招呼。

"我是克彦的叔叔。"那人主动回答道。

"我想问一下您的感想？"

"问我吗？"

虽然这么说，可他却像是有备而来一样开始滔滔不绝起来。

"我认为是做了一件好事。但我不明白，换在别人身体里就健康跳动的心脏，为什么在克彦体内却不能让他活过来？"

他一吐为快般地说道。

"他妈妈，还有别的家人们也这么想吗？"

"别人我不知道，反正我自己是这么想的。"

说完他便消失在休息室里。

晚报的截稿时间是下午两点，再出现重大新闻就要重新改版，记者和编辑们为之乱作一团。不过重藤教授似乎很享受这样的状态，这次发布又拖到了两点多。记者们一刻不停地关注着重藤教授的一举一动。

"公布捐献者"的报道一发出，富塚就将K医大方面的事交托给坂井，自己径直赶往小樽。从江口克彦溺水那天起他就和小樽的能登医院结下了不解之缘，他不想让别的报纸抢走这里的新闻。

他到达能登医院的时候，刚过四点。

在医务室等了十几分钟之后，辻本医生出现了。辻本三十岁上下，体格健壮。

"我是 N 报的富塚。 四天前跟您通过电话……"

听介绍的时候，辻本看着名片点点头。

"那又怎样？"辻本生硬地说道。

"我想了解一下江口君送到这里时的情况……听说您为他检查的时候他的呼吸还好好的。"

"正如之前我对你说的那样。"

"在贵院都做了那些治疗？"

"输氧和点滴。"

"当时心脏怎么样？"

"当然有心跳。"

"正常吗？"

"我用听诊器听的是正常。"

"血压呢？"

"一百二，八十。"

辻本的回答简洁明了。

"他的脸色是什么样？"

"我觉得不错。"

"一直这种状态？"

"我五点钟离开之后就不知道了。"

"那天五点多我给医院打电话的时候，是护士接的，说是能救活。"

辻本默默地望着窗外。

"据说您对江口君的朋友说过：不要紧，可以回去了。"

"我当时是那样认为的。"

"为什么您回家之后患者的病情又突然恶化了呢？"

"我不在现场，所以一无所知。"

"是院长先生把他送到 K 医大的吗？"

"这事儿我是听院长说的。"

面对提问，辻本有些焦躁不安。

"刚才听院长先生说，后来出现发烧和呼吸困难，您怎么看？"

"如果院长这么说的话，应该是这样的吧。"

辻本一时无所适从，富塚掏出香烟给他递了一支，想换个话题。点完火之后，富塚说：

"不过，听说院长和重藤教授是老相识了。"

"是吗？"辻本望着手中的香烟说道。

"重藤教授在这个医院做过三百例肺部手术，是真的吗？"

"我两个月之前才来这家医院的，在这里没碰到过重藤教授。"

从窗边的阴影可以感觉到夕阳正在落下。时间已近五点。

"您认识在海边进行最初诊断的那位 K 医大的大四学生吗？"

"他是在这里值班的学生，模样记得，没跟他说过话。"

"听说他跟救护车一起来的，后来去哪了？"

"后面不是他值班，大概就回去了。"

"那个学生怎么做的？"

"你说的是？"

"院长或者重藤教授让他做的？"

"他是个学生呀。没那回事儿。"

记者疑神疑鬼，甚至猜测是中林在海边就设好了局，但这纯属过度联想。就算有什么设局安排，那也只能是在更晚的时候，至少在自己之后。想到这里，辻本又有了另外的想法。

心脏移植本不就是要精心设局吗？要得到条件好的心脏，必须抓住机会，只有精心设局才能做好手术。那么设局本身就不是坏事，而是无可厚非的。这是身为施术者所应有的精神准备。

辻本继续思索。

"听说送到 K 医大的时候血压很低呀？"

富塚一边递回记录本，一边问道。

"是吗？"辻本闪烁其词地回应着。

他想起院长每隔十五分钟就会在病历上记录一次血压，那条曲线在急速下降。

"最后我想再问一个不太一样的问题。"富塚深吸一口气之后开了口，"是有人告诫过您不要多说话吗？……"

"没有的事。"辻本当即答道。

"对不起，我只是问问而已……"

"可以结束了吧。"

说完，辻本站起身。

七

到了第四天，佐野武男的脸色开始泛红，有了自主呼吸，全身状态愈发好起来。

下午，重藤教授宣布"跨越了第一座山峰"，不过此刻武男的意识依然没有恢复。

第五天，磁带录下的佐野武男的心跳声被公开给了记者们。

"咚，咕咚，咚……"

记者们专心倾听着持续不断的心跳声，一声咳嗽都听不到。难以相信这就是六天前死去的那个青年的心脏在跳。不光全体记者，就连医生们和重藤教授也有同感。

"这和健康心脏的声音一样吗？"

记者们此前并没听过真正的心跳声音。

"完全正常。"

重藤信心满满地说。

磁带继续转动着。听着听着，富塚感觉到一股莫名的不快，胸口堵得喘不上气来。他把手悄悄插到腋下，汗淋淋的，又突然向下移动，触到了心跳。富塚知道那是自己的心脏在跳，他有些惊慌失措。大概是由于过度紧张，手掌感觉到的心跳异常强劲。他屏住呼吸，闭上双眼。他努力让自己不去想，但心跳声更强了，手掌都感觉到了心跳声。那个声音和磁带的声音重叠在一起，打在富塚的手掌上。

一瞬间，他产生了一种错觉，仿佛自己的心脏整个被挖出来替换成了磁带。他左右摇摆着潮红的脸，呼吸急促，想高喊着逃脱。这时候，录音带停止了，心跳消失了。富塚从瞬间的错觉中醒来。当他睁开眼睛的时候，眼前是重藤的笑脸。

他掏出手帕，从额头到腋下仔细擦拭着渗出的汗水。

记者会后，富塚和坂井来到医院前的咖啡馆。现在得马上动笔才能赶上明天的早报，把介绍患者心跳声的新闻发出去，可不知何故，他总觉得无法起笔。

"真让人吃惊呀。"

闻着咖啡的香气，听着音乐，富塚这才定下神来，可他的耳畔仍然留有咕咚咕咚的心跳声。

"怎么说呢，总之别感情用事。"

坂井还惊魂未定。

"对我们这些外行来说完全被震惊了。"

"医生们听的时候一个个也是目瞪口呆，像是神鬼附身一样。"

"重藤教授轻轻闭上眼睛了呢。"

"感觉如醉如痴的。"

"因为从头到尾都是他亲力亲为的。"

"也许是创作出满意的艺术作品时的心情吧。"

"是这样的吧？"

平时一向精悍的重藤，彼时温文尔雅得如梦里一般。富塚突然对能做这种手术的重藤产生了嫉妒。

"的确，听了那种声音能让我清楚地感知到医学的进步，心里的确激动不已。但是生理上我接受不了，或者说难以适应。"富塚喝下一口咖啡说道。

"生理上的不适感。"

"无论怎么看，都感觉不舒服。"

刚才富塚听录音时产生的那种恐惧感一直挥之不去。

"因为我们不习惯那样。"坂井一边拢起长发一边说。

"当时很感动，但是过后还是会觉得不舒服。"

"如此想来，我的心脏也一样呀。"

"去人家的地盘活动，怎么说呢？不像话。"

"不像话吗？"

坂井笑起来。

"是啊。我觉得移植不是人应该做的事情。"

"T大学的G教授就明确提出反对。"

"现在什么都有可能换掉哦。就像从旧汽车上拆下发动机、轮胎、收音机甚至玻璃换到别的车上一样，人一旦死了，也只剩一具空壳。"

"重藤教授也说，能从脑子到脸部皮肤都换掉才是终点。"

"那人格也将不复存在了吧。"

富塚望着白色杯子中呈漩涡状的黑色咖啡。仔细想来，这些穿着白大褂救死扶伤的医生又如魔术师一样，让人毛骨悚然。

"如果能造出人工器官就好了。"

"现阶段根本做不到。"

"循环的时候，药液会凝固，还有，就算用电把那家伙驱动起来，万一电池没电了，那可就糟了。"

"那不成电动人啰。"

"猴子和大猩猩不是同一种类，所以排异反应很强烈。看来还是无脑儿最容易让人接受。"

"无脑儿？"

富塚把咖啡杯从嘴边移开。

"就是天生没有脑子的畸形儿。"

"有这样的孩子吗？"

"很罕见，一般生下来不久就死了。"

"把他们养大用于移植吗？"

"无脑儿的话，需要的时候随时杀掉也没人会说三道四的。胸外科的医生们也说，要是有这样的东西最好不过。"

"就算是无脑儿，也有生身父母吧？"

"那当然。"

"负责养的人心情也不会舒服。"

"因为明知道随后就会被杀掉。"

"真是悲惨呀。"

这不就是一头养大了杀掉吃肉的猪吗？想到这里富塚就感觉毛骨悚然。

旁边的桌上坐着两个年轻人，男的在说话，女的一个劲儿地笑。耳畔飘来一首熟悉的电影音乐。富塚觉得，在这样一家安静的咖啡馆里讨论器官移植和无脑儿之类的事太不合时宜。

"现阶段来看，心脏移植还为时过早吧。"

"因为中央那边有不少批评。"

一天前的 N 报的晨报刊登了报道，介绍了有关心脏移植功过讨论的座谈会的内容。其中不仅慎重的观点占了多数，而且即使对心脏移植本身持肯定态度的学者中，也有很多人对此次手术表示怀疑。最大的问题是，如何判定捐献者死亡。即使测不到脑电波，也只说明大脑表面皮层死亡，并不意味着脑中心的脑干部分已经死亡。另外，目前尚无抑制排异反应的有效办法，而且组织配型环节是否经过充分论证也疑问重重。即使将这些批评归咎于部分学者对捷足先登的地方大学抱有的偏见，问题也是不容忽视的。

"真测过脑电波吗？"

"不知道呀。"

这个问题坂井也是从一开始就持怀疑态度。心音和心电图公布了，但脑电波还没有公布。尽管询问过多次，对方也只是回答"我们正在确认"，没有公布记录。

"对于医学界还是有很多不了解的地方。"

"个个都守口如瓶，问不出来究竟。"

"必须找关系从内部打听才行。"

坂井说到这里，富塚一下想起了伴野绢子。要打探胸外科的内部情况，通过她再合适不过了。他默默地抽着烟，像是要抑制住内心的激动。

八

　　除了和坂井轮班的两天，富塚全都住在 K 医大的记者室里。他今年二十九岁，又是单身一人，本以为适合这项任务，可是一个星期下来，他就感觉累了。

　　例行的记者会一天三次，分别是上午八点、下午一点和五点。每次重藤教授和医务室的同事都出席，先是公布武男君当天的病情和前景分析，然后回答记者提问。除此之外，还有不定时的临时记者会，搞得人没有喘息之机。

　　"这两天全国版里报道不太多呀。"

　　第七天的记者会结束后，重藤环视了一番包括富塚在内的记者们说道。

　　"登了很多呀。"

　　"是吗？"

　　重藤苦笑。

记者们跟他已经混得很熟悉了。每一位记者的名字和所属的报社，重藤心里了如指掌。

"看样子重藤教授很注重东京方面的反应。"

记者会结束，来到走廊之后，富塚说道。

"果然问题还是在于东京那边的动向。"

"即便如此，这种阵势究竟要搞到什么时候呢？"

到明天就整整一周了。富塚有些沉不住气了。

"说的是呀，一直要到武男君死亡才能算完。"

虽然坂井的这番话听来冷漠无情，但在紧张的记者眼里，这并非与己无关的事情。

"要是就这样一直活下去呢？"

"那也要到死为止。"

"开什么玩笑。"

"既然彼此都被心脏的幽灵缠住了，就别挣扎了。"

坂井安慰着自己。

"可素材是无穷无尽的。"

重藤每天召开三次记者会，让记者们一次又一次地跑过来。

"重藤先生会不失时机一点点爆出新料的。"

播放心音，出示心电图，公开心脏移植手术团队班底，发布鼓励的来信。每次记者会都搞得记者们紧张兮兮，不知道今天又会爆出什么新料。

"完全跟着他的指挥棒团团转呀。"

"这样下去，记者简直成了任人摆布的玩偶。"

"他呀，真是个了不起的导演。"

"当医生真是屈才了。"

两人开怀大笑起来。

当晚六点，富塚在薄野的一家餐厅和伴野绢子见面了。

"多年不见，一起叙叙旧吃顿饭好吗？"

两天前富塚也曾约过她，当时被她以不方便为由推辞了。

上高中的时候绢子并不引人注意。在富塚的记忆里，两人几乎没说过话。现在久别重逢，一通介绍近况之后很快就没了话题，高中毕业十年了，共同认识的朋友的故事也很有限。绢子至今未婚，一个人住在租来的公寓里，现在她已经升任主任，在胸外科里仅次于护士长。

"这次真是轰动不小呀。"

话题自然扯到了心脏移植上，这也正中了富塚的下怀。

"轰动了方方面面。"

绢子微微一笑。

她发梢内卷，穿着淡蓝色的连衣裙，显得挺年轻，然而在明亮的灯光下相对之时，她的脸上便难掩这个年龄会有的疲惫。

"我们根本见不到患者，干着急，不知有没有办法？"

"规定是谢绝探视的。"

"护士能溜进去吧？"

绢子欢快地笑起来。

"佐野君的病房里一直都有大夫和护士看守吧。"

"因为个别记者想强行闯进去。"

"到那里不穿防护服进不去吧？"

"因为那里是重症监护室。"

"怎么讲……"

"手术之后的恢复室。那里面什么设备都有。"

"他的意识还没恢复吗？"

"嗯……"

"一直在打点滴吗？"

"是的。"

绢子回答的时候微微皱了皱眉头。她的表情有些困惑。富塚装作没有察觉，继续探问。

"护士跟以前一样轮班吗？"

"是的。"

"一定很忙吧？"

"主要都由医生来做。"

"到现在还输血吗？"

"量不大。"

每次听到询问，绢子都会停下手中的餐刀，略加思考之后才回答。她始终没忘记富塚的记者身份。

"有没有出现排异反应？"

"这个，我不知道。"

提到敏感的问题，绢子缄口不谈。

富塚还想继续刨根问底。绢子肯定知道只有内部人员才能掌握的那些情况，诸如捐赠者的情况、手术当天的情况、医生们的谈话等等。

"暂时不会死吧？"

"我想不会。"

"重藤教授从前就有想做心脏移植手术的迹象吗？"

"不是的。"

"可是……"

话一出口，富塚又咽了回去。如果张口闭口都是心脏移植的问题，会使对方察觉自己是为了套取工作上的秘密才约见她的。他暗暗告诫自己，此刻千万不能着急。

吃完饭之后，富塚又请绢子去了一家熟悉的酒吧。绢子不情不愿，富塚承诺只坐三十分钟，这才硬把她说服了。

一杯啤酒下肚富塚就满脸通红，而绢子面不改色。

"你挺能喝呀。"

"能喝一点。因为医生有时会请我们喝酒。"

想象着绢子和那些外科医生们喝酒的场景，富塚心里有了微微的嫉妒。

"有男朋友了吗？"

"没有呀。"

绢子边笑边摇头。

"医生和护士最容易结对子呢。"

"富塚先生结婚了吗？"

"没有。我还是单身。"

"咦，真的吗？"绢子瞪大了两只单眼皮的眼睛，"真的是单身？"

"我可不说谎。"

绢子在昏暗的灯光下点了点头。快三十岁了，她自己独身一人在做什么呢？富塚心中顿时萌生起工作以外的兴趣。

又一杯啤酒上来，绢子起身去了厕所。富塚趁这个空当给报社打了个电话。

"你在哪里？"

坂井的声音有些沙哑。

"在一家叫基尔比的酒吧，和一个女孩一起。"

"在约会吗？"

"是工作。"

"哪有这种工作？"

"你要是不信，就过来吧。是和一位护士。"

"护士？"

"是，是 K 医大胸外科的。"

"真的？"

"白天找关系联系上的。"

他仿佛看见了坂井惊讶的表情。

"是吗？问出什么了吗？"

"这人不太好搞，得慢慢来。所以要晚点儿回去。"

"真拿你这家伙没办法。"

"酒钱可要公家报销呀，头儿。"

"真有眉目？"

"对方可是单身。"

"你要有个数。"

"我明白。"

刚挂断电话，绢子从里面走了出来。

一无所知的绢子坐到他对面的位子上。看得出她重新擦了口红。

他回忆起高中时代的老师来。一谈到这个话题，绢子打开了话匣子。说好的三十分钟早已过去。

"我有点醉了。"

绢子把手搭在前额上。

"话说回来，捐献者江口君的脑电波应该是有的吧？"

"脑电波？"

一瞬间，绢子的表情僵住了。

"是的，据说那是判定死亡的依据。"

面对咄咄逼人的富塚，绢子慢慢将视线移开。

"重藤教授说是有的……"

"还以为不是这样呢。"

"因为不能给别人看。"

"这我就不明白了。"

绢子沉下了脸。

"江口君送到 K 医大的时候是个什么样子？"

"怎么说呢……"

"脸色、呼吸，还有脉搏什么的。"

"那天晚上不是我值班。"

"你没听值班的人讲过？"

"没有。"

"那你能帮我打听一下吗？"

"可即使问护士也白搭。工作完全不一样。"

"是这样呀。"

"我们是专门负责病房的护士，对手术的事完全不懂，也就不太关心。"

说着，绢子给富塚的杯子倒满了啤酒。

这个女人，真是难对付。富塚将杯中酒一饮而尽，瞪着绢子一本正经的侧脸。

当天的晚报报道：据莫斯科广播电台消息，苏联的西尼钦教授认为在克服排异反应之前进行心脏移植为时尚早。

日本国内也出现了各种意见。

中央的心脏外科权威 Z 大学的 S 教授对此次心脏移植表示赞成，他还说有机会自己也想亲自操刀。T 大学的 H 教授认为死亡判定和排异反应的问题尚未解决，对移植提出了反对。奇怪的是，另一位元老级的 K 教授一直缄口沉默，处于观望状态。

与此同时，医学评论家和与媒体有关系的医生们依然在极力反对。

从家庭到酒馆，到处都在议论心脏移植的话题。

九

西楼三层佐野武男病房前的小房间里，武男的父母坐在椅子上呆呆地看电视，姐姐素子在看报纸。

现在已经是晚上七点多了。随着日落西山，夜幕迅速降临。病房楼长长的影子落在了院子中央，黑黢黢的，看上去像个无底洞一样。北海道的夏季，无论白天多热，一入夜就凉快下来。从敞开的窗外，传来了八月盂兰盆节舞蹈的鼓声和音乐。佐野武男家住在乡下，那里过盂兰盆节比札幌要热闹得多。

两年前，武男去看过盂兰盆会舞。素子也跟着去了，当然也只是去看看而已，没有跳舞。十八岁之前的武男别说运动会，就连远足和修学旅行也没参加过。在素子的记忆中，武男一年到头都在医院住院，感觉家里就像没有这个弟弟似的。这样的病情，让姐姐对这个弟弟只有零散稀疏的记忆。

报上依旧登载着武男的消息，他父母的脸也必然会一起出现在上面，时而垂头，时而哭泣，时而面带笑容，各种表情都有。

有一张武男侧身的特写。他的鼻子里插着管子，上面的眼珠睁得很大，仰卧朝上。不过，从报纸照片明显看得出，他的眼神空洞涣散。

上面的大号铅字写着"治疗中眼睛出现反应"。旁边是医生团队的意见："意识恢复指日可待。"

素子再次凝视着报纸上武男的脸。奇怪的是，无论怎么端详，都感觉照片上不像自己的弟弟，而像一个与自己毫不相干的陌生男孩。

从接受手术的那一刻起，武男就从家人的怀抱里远远地离开了。武男是父母的儿子，可实际上又不属于父母了，不知不觉他成了话题人物，受到全体国民的关注。

"他成了明星。"素子心想。

不久前还面色苍白地在房间一角看书，躺在医院病床上的弟弟，现在一跃成了明星。从武男的呼吸到脉搏，再到皱起的眉头，都一一登在报纸上。从前弱不禁风、默默无闻的弟弟，如今受到了耀眼的关注，素子感到不可思议。她难以适应弟弟一夜成名的转变。

他的母亲和父亲也是一样。两个人都无法将自己的儿子武男和接受心脏移植后的武男联系起来，觉得心脏移植后的武男完全成了另外一个少年。

"想见面的时候能见面，想陪床的时候能陪床。"

这是武男的母亲当时唯一的愿望。

然而一天只能见武男一次，只有几分钟的时间。她穿着白大褂，戴着帽子和口罩，站在床边，握住儿子的手轻声呼唤。

"时间到了。"

她感觉医生的催促简直就像看守宣告探监结束一样。

不能直接见面，隔着治疗室一面玻璃看见的武男，感觉更加遥远。

被隔离在对面另一个世界里的武男，可能再也回不来了。

"武男全交托给重藤医生了。"

母亲口中自言自语。

"您在说啥呀，妈妈？"

素子本想责怪妈妈的软弱，但现在她反而觉得这样想更好一些。

五人组成的医生团队跟着重藤教授走进了记者所在的会议室。从医生们的表情里能看出，今天有好消息。

手术一星期后的十四日晚上九点半。

"现在，武男君的意识完全恢复了。"

重藤的眼里噙着泪。站在他右侧的助手中尾赶紧递给他一块手帕。重藤在明亮的荧光灯下擦着眼泪。他那双老鹰般圆圆的眼睛浑浊发红。

"不过这次重藤怎么了？他流泪是因为脆弱还是单纯呢？"

富塚把啤酒杯端到嘴边，对坂井说道。

宣布意识恢复之后，两人觉得今晚不会再有什么大事了，就一起来到那家熟悉的酒馆。当然，他们先跟社里报备过了。但即便喝了酒，那颗心脏的幽灵依然挥之不去。

"大概是激动吧。"

"不过，他哭得恰到好处，有种四十岁男人的得体和分寸。"

"想必还是很高兴的。"

"还有，和捐赠者父母握手的时候是今晚的高潮亮点。"

"双方都是重藤最为在意的吧。"

喝完一杯，坂井马上换了酒。

"我在想，别看他外表粗犷，其实内心很细腻。"

这一点，坂井也认同。

"想不到他的内心竟有些像女人。"

"是吗？我看他挺有男人味儿的。"

富塚回想着一小时前记者招待会上的情景，那真是不轻弹的男儿眼泪。

"可能是个心思细腻容易嫉妒的人。"

"不过，他决定做移植手术时的意志和执行力可不像女人。"

"这不就是虚荣心吗？"坂井把酒杯举到眼前的高度，"就像女人喜欢钻戒，喜欢皮草一样。"

富塚一时无言以对。如此说来确实是那么回事，但像女人这个说法还是让他感觉不对劲。

"你是说感情波动激烈？"

"这也是女性的特征。"

"反正是有些装腔作势。"

想起他那些美国式的夸张动作，浮夸到不像一个斯文庄重的大学者。然而，与盘踞象牙塔的那些阴冷乖僻的学者相比又如何呢？虽然有些装腔作势，但片面地将其定性为"恶"，未免有些过分。

"但总而言之，他本质上是个单纯开朗的人。"

"但他是外科医生，拿着手术刀，我们通常是被宰割的一方。"

"善恶姑且不论，总归很有魅力呀。"

"所以我们必须要留意，他到底是为了患者，为了医学，还是另有所谋……"

"还有什么？"

"会不会是为了自己？"

富塚点了点头。想到这里，事情越来越搞不懂了。

"可真大胆啊。"坂井佩服地说。

"他是被什么东西给迷住，走火入魔了吗？"

"大概是陷进去了……"

两个人陷入了沉默。

一瓶啤酒下肚，就感觉脸上发烫，大概是连日的劳累让他们一喝就醉。今天是第几天？富塚数算着日子。数着数着，他开始注意到一个问题。

"昨天是那个青年的头七忌日啊。"

"是吗……还真是。"

"时间过得真快。"

他手托着腮闭上眼。突然富塚的脑海里响起了两天前录音带里佐野武男的心跳声。

十

　　那天下午，重藤在教授室等待着各科教授的到来。

　　在周一的教授例会上，他特别要求发言。他简单介绍了心脏移植手术的经过，然后提出希望建立各科教授全体协同的合作机制，从各自专业的角度对佐野武男进行会诊。

　　听完这番话，只有寥寥几个教授点头，大部分教授则抱着双臂，闭着眼睛，一言不发。主持会议的Y教授征询大家的意见，但没有一个人发言表态赞同或反对。

　　"那么，后天下午两点进行联合会诊，到时候有空的各位请到重藤教授的房间集合。"

　　教授会就此结束。

　　他看着差十分就到两点的时钟，心里预测着待会儿能来几位教授。能来十个？五个？名义上说是会诊，有的教授的科室却与之几乎毫不相干。有不看门诊只搞研究的基础医学部门的大多数教授，以及来自妇产科、皮肤科、牙科、眼科等这些本就关系不大的科室的教授。相关科室的教授，既要这个时间有空，还要对器官移植感兴趣的，基本就寥寥无几了。倒是有的人虽然毫不相干，但正好借这个机会来看看患者的情况。重藤想，这都无所谓，多来一个教授，给人多一些各科室全体动员的印象就可以了。

到了差五分两点的时候，走廊上传来了人声。

刚才的记者会上宣布两点开始各科教授会诊，记者们都严阵以待。

重藤很焦虑。他心想，总不会一个都不来的。至少能来五个人？村山、岩崎和山田，起码这三个人能来。随着时间的临近，他的心也越揪越紧。

"他们为什么不来？眼红我吗？"

他一直站着，凝视着覆盖在窗户上的绿色遮光帘，从上到下一层一层数着。他想用数数来缓解自己的情绪，可是刚数到五，愤怒就再次涌上心头。

"他们。"他不禁喃喃自语。

这帮只知道袖手旁观指手画脚的人，他们能做什么呢？批判别人谁不会，要是挑剔起来，神仙也不禁挑。首先得做。光说不练是假把式。内科的上崎、病理科的守屋、麻醉科的井上，重藤的脑海里不断浮现出这些教授的面孔。这些学者究竟是何真面目？他们不就是会讲理论吗？美国某人如何说，德国某人如何说，就知道引经据典，听别人的意见，没有自己的见解。实际上既没亲眼瞧过，也没亲手试过。而我呢……

想到这里，重藤若有所思地抬起头，再次将目光投向遮光帘。他觉得自己一个人冥思苦想，一个人沾沾自喜，是那么可笑。然而，来回数着眼前这块绿色的遮光帘似乎无法平息自己已经燃起的怒火。

"咱们的知识不一样。"

在手术室里重藤对年轻的实习生们简直要磨破嘴皮子一般地强调这句话。

"外科知识不是趴在桌前一两天就能掌握的。是要靠眼观察，靠手触摸，用身体才能记住的，所以才能牢记不忘，而且立马能派上用场。"

必须得做，说不如做，只有做的人最后才能成功。

重藤左右抖了抖头，振作起精神。

这种手术世界上已经有三十例了。为什么我作为后来者还要受批评？

这一点重藤百思不解。

为什么他们会提出那样刻薄的意见呢？他们难道不能用长远的、发展的眼光来看吗？这不还是枪打出头鸟吗？

"即使成了众矢之的，我也心甘情愿。"

这时有人敲门。

重藤从冥思苦想中回到了现实，赶紧回到沙发上坐定。门开了，是他的秘书。

"千野先生来了。"

"千野先生……"

真是出乎意料。重藤赶忙起身迎到门口。千野宗兴是K医大的名誉教授，年事已高，今年七十八岁。战后初期他担任校长期间，对K医大的发展贡献卓著，是备受尊崇的前辈。他专攻妇产科，十年前离开了临床。

"感谢您大驾光临。"

"怎么样了？"

岁月不饶人，昔日雷厉风行的大教授如今也变得慈眉善目了。

"老师，请您这边坐。"

"不必不必。"

重藤指着那个大大的单人座椅，千野直接摆摆手，坐在了旁边的沙发上。在医学部的学生时代，重藤曾受教于千野，两人年龄上也如同父子。在 K 医大当教授的时候，千野对重藤就推重备至。尽管千野退休了，不再有那么大的影响力了，论辈分却依然不可平起平坐。

"外界对你好评如潮呀。"

头顶秃亮的千野个头不高，精神矍铄。

"全是托您的福。"

"多亏了你，我也脸上有光了。"

"非常感谢。"

千野名誉教授频频点头。望着风采依旧的老教授，重藤不觉心头一热。

"干得漂亮，别泄气。"

正因为感受到周围的冷漠，重藤对千野的这番好意尤觉欣慰。

秘书端上沏好的红茶。重藤悄悄看了一下手表。已经两点了。其他的教授都怎么了？教授会上说好的时间已经过去四五分钟了，重藤心中忐忑不安。

"老师您能光临真出乎意料。"

重藤再次深深地鞠了一躬。

前天的教授会结束后，重藤立即把教授联合会诊的事通报给了千野名誉教授。

"我尽可能去。"虽然他二话没说就回了信，但没想到他真的会来。

"我来会诊也起不了多大作用，不过这是一台世纪手术的患者，所以我说什么也要看一看。"

然而请这样一位本来专业就不同，加之又脱离现代医学多年的老医学家来会诊，并不会有什么直接的效果。

"请多指教。"

重藤一边鞠躬一边在想，他能来就很难得。大名鼎鼎的千野是K医大的前校长和名誉教授，一般人都不会忘记这位久负盛名的老教授。光是他一个人，会诊就有足够的分量。

"大家还没来呀？"千野回头望了望门口，说道。

"是啊，应该马上就来了。"让老教授等候有些失礼，"因为新闻媒体会穷追不舍。"重藤像要岔开话题似的说道。

"真够你受的呀。"

"毕竟是我们这个乡下的突发新闻。"

"不要介意别人说的话。第一次手术的时候免不了有人说三道四，因为做了才会遭人非议。盖伦第一次做人体解剖，巴斯德和科赫发现细菌，第一次做开颅手术，还有节育和人工授精，刚开始的时候都是遭到极力反对的。甚至有人把赞成的教授说成是疯子，简直太不像话了。"

千野眯起眼，仿佛回到了从前那个辉煌的年代一样。

"我总觉得外科手术包含着或大或小的实验要素，没错吧？"

"没错，人的身体千差万别，不能一概而论。"

"我认为，今天的外科广义上讲就是人体实验的积累。"

千野的赞成令重藤信心大增。

"等待基础研究的话，还不知道要等到猴年马月。"

这似乎是临床工作者的共识。

"在捐赠者的问题上，也有人说长道短。"

"你的诊断没错，我觉得这就可以了。"

"非常感谢。"

重藤再次鞠了一躬。如果可以的话，他真想上去拉着老教授的手拍拍他的肩膀。

"你现在名气大了，肯定会有人嫉妒你吧？"

"这个我早有准备。"

"在我们 K 医大不会有这种人吧。"

"噢……"

"太在意别人说什么，是不会有大出息的。目光要放长远。"

红光满面的老教授不再顾虑重重。

"人多嘴杂可以说是日本的一大特色。"

"因为大家都没培养出科学思考的能力。"

"我也有同感。虽然自然科学如此进步，可是对肉体和生命的感知却毫无改变。"

"还是受到了儒家思想的束缚。对死亡只有精神上的理解。而没理解肉体，也就没法理解死亡。"

老教授的言语里充满激情。

"死亡的观念本应随医学一同进步。如果观念跟不上，也不应指望医学的进一步发展。然而如今死亡的思想仍停留在过去，同时又追求医学进步，希望长寿。这样的想法过于贪心了，对吧？"

"是的。"

谈话完全落入了老教授的节奏里，不知不觉间重藤感觉自己成了听课的学生。

"自然科学是冷酷的。必须清楚认识其本质，所谓科学就是把古人愚昧的梦想彻底击碎，不破不立。月亮上没有捣年糕的玉兔，心脏也不是心形的，不过只是一个泵罢了。"

"您说得千真万确。"

"他们不仅不懂，还不愿意面对真相。"

"他们说我这是对人体的不尊重。"

"他们不明白，不想知道真相才是更大的不尊重。"

重藤感到自己越发愤怒。

"总之是被惯坏了，被科学惯坏了，还感觉良好。可是科学已经发展到这个地步，人体的零件马上就可以全部替换了。"

"的确如此。"

"连整个身体都没有了，还谈论什么黑白曲直？根本不是时候。要长寿就不要说长道短。"

"您的想法真是超前呀。"

这句话不是恭维，的确发自重藤的内心。

"我还在想，除了脑袋以外，把自己身体的零件全部换一遍。到时候就拜托你了。"

"这可不是开玩笑的。"

老教授开怀大笑起来。这时他才注意到站在书架旁的秘书。

"有事吗？"

"村山教授和岩崎教授来了。"

"啊，快有请。"

重藤连忙站起身。

两位教授进门，得知千野名誉教授先来了，慌忙鞠躬施礼。光重藤教授还好说，让老教授久等，两人心感惭愧。

"还有别的人来吧？"

"我想还会有人来吧。"

村山教授的回答毫无信心。

"来的人不多呀。其他同事都在忙什么？"

"大家都挺忙吧。"

重藤开始找借口，此刻却欲盖弥彰。

又过了两三分钟，山田教授来了。

已经两点二十分了。看样子再等下去也不会有人来了。

"老师，咱们走吧。"

重藤对千野名誉教授说道。三位教授紧随其后。

全部教授共有三十五位，从人数上看，如今离全体一致还差得远，不过这也算不错了。重藤对千野名誉教授的到来感到心满意足。

十一

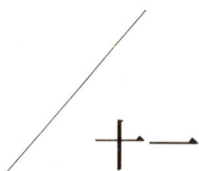

佐野武男克服了长达一百六十个小时的意识障碍，情况一天一天好起来。

恢复意识的第二天，武男第一次用自己的力量喝了一碗米汤。比起之前用管子从鼻孔往胃里灌流食的状态，情况大有好转。

去看诊的重藤教授一开口说话，他就睁大眼睛，朝着话音的方向慢慢移动视线。有时他会蠕动一下嘴唇，或者点点头，还会把手往头部方向移动一下。

"因为做了气管切开，所以还不能说话，但已经处于可以说话的状态了。"重藤教授向记者们宣布。

第二天，在医生们的搀扶下，他起身坐了十五分钟。

"武男君，看看蓝色的天空。"

武男按照重藤的指示慢慢地将目光转向右侧的窗户。外面秋高气爽。

被隔在重症监护室的双重玻璃之外进不了病房的记者们正在挤成一团。

"武男君，大家都在外面关心着你呢。"

武男把视线转向玻璃窗，眨了眨被晃到的眼睛。

"简直就像笼子里的动物和驯兽师一样。"

听到富塚的话音，摄影师笑出了声。

"那我们又算是什么呢？"摄影师笑完后说道。

"看热闹的吧。"

说完这话，富塚立马又改了口。

"从他们角度来看，我们大概才是动物吧。"

第二天早上，更换气管里的插管的时候，武男在术后第一次清晰地喊出了"疼"。

"武男君能够按照自己的意志清楚地说话了。"

重藤教授宣布完之后，接着说：

"虽然还没有出现排异反应，但为了预防，给他服用了一定剂量的免疫抑制剂依木兰。"

同一天，巴西总统达科斯塔·伊·席尔瓦在该国的限制器官移植法案上签字的消息被传开。这项法案的主要内容是：

死亡诊断需由三名不直接参与移植手术的医生批准。

进行移植手术时，关于捐献者，除了生前得到捐献者的同意，还要得到其妻子或丈夫、父母中一人的同意。

实施移植手术的医生不得为私人医生，而应为大学教授或其他专家。

这些内容意味着，在巴西，已经实施一例的心脏移植从此在事实上已经不可能了。

恢复意识后，武男的身体康复很顺利。

上午吃了西瓜和桃子，下午第一次自己用筷子吃了乌冬面，看了电视，还写下了自己的名字"武男"。

那天下午，武男的父母时隔两天又见到了自己的儿子。

尽管两人穿着肥大的绿色防护衣，戴着口罩和帽子，打扮怪异，不过武男一眼就认出了母亲。

"武男，我是妈妈呀，太好了！"母亲握住武男骨瘦如柴的手说道，"你叫声妈妈吧。"

"妈妈……"

武男的声音很低，听起来有些费劲儿。为了切开气管，在喉咙中间开了一个小指头大小的洞。医生用指尖堵在那里，但声音还是往外漏。

"我是爸爸啊，武男。"

听到父亲叫他，武男的口中只发出了"嗯、嗯"的气声。

"武男，全国各地来了很多信。"

"啊……"武男回答。

"哪里疼？胸疼吗？"重藤连忙问道。

"不疼。"

"脚疼吗？左脚或者右脚？"

"都不疼。"

"武男！"

又喊了一声之后，母亲不禁瞪大了眼睛。只见武男右手的枕头边放着一个麦克风，麦克风另一头的电线连接到了床下的录音机，两盘录音带在脚下缓缓地转动着。

顿时母亲感觉一股难以名状的悲伤袭上心头，自己也不知道悲从何来，只知道自己无比悲伤。

"这个人是谁，认得吗？"

"医生，是医生呀！"

母亲恨不能上去把麦克风、点滴瓶和气管的插管全都拽下来扔到一边，现在就把武男带走。她想背着武男离开医院回乡下去。由内而外的愤怒让母亲浑身颤抖。

"我是爸爸，是爸爸呀！"父亲叫起来。

武男只是有气无力地看着他，没有回答。

"是你父亲呀，武男君。"重藤开口说。

武男的嘴动了动，但没有发出声。

"是你父亲呀。"

不要回答，武男不要回答。母亲一边感受着武男手心的温暖，一边不停地祈祷武男不要发出声音。

翌日，武男第一次下床，坐到了椅子上。平时病房里有两三名医生和一名护士专属值班。武男在他们的看护下坐着吃了早饭。

一碗粥、味噌汤、烤苹果、鱼糕和牛奶全都吃完了。聚集在外的记者们依旧隔着玻璃拍了照片。

混杂在记者群里的姐姐素子也看见了武男。

"吃得不少呀。"

"筷子用的也挺好。"

"瞧，他抬头了。"

记者们七嘴八舌。

素子用双手捂着耳朵，她觉得弟弟成了大家的小丑。在医生的催促下，武男转向记者们，微笑着挥了挥手。周围的闪光灯一片闪烁。

那天晚上，绢子第一次来到富塚的公寓。

此前两人在外边见过两次面。这段时间，富塚并没有从绢子那里得到什么特别的新消息。见面就是聊天，富塚间或装作想起什么似的，询问佐野武男后来的病情。绢子的回答照例三言两语且无关紧要，不过比起最初，她明显放松了警惕。

富塚的公寓像一个典型的单身男子的房间，只有一个衣柜和一张桌子，显得空空荡荡。

"我想喝凉水。"

绢子站起身走到了连往房间的水池前。

"杯子没洗过吗？"

"偶尔洗一下。"

一阵冲洗声之后，绢子端过满满两杯水。

"有威士忌，你喝吗？"

"我不喝了。"

在外边喝的酒现在快要醒了。

"这么好的房间真浪费呀。"

绢子坐在了房间里仅有的那把椅子上，环视着落满尘埃的桌子和窗户。

"这里只是睡觉而已。"

房间的角落有一床卷着的被子。富塚伸直腿背靠在上面。

"快找个人吧。"

绢子点上一支烟。

富塚见状问道："对了，脑电波的事怎么样了？"

"怎么说……？"绢子凝视着桌前的墙壁道。

"真的测过了吗？"

"据说那是用透视确认的。"

"透视？"

"对，他们会做 X 光透视检查。因为不是拍片检查，也就不可能留下底片记录。"

"只能当场看而已？"

"是呀。"

"那就没有客观性了，他们随便判断就完了。"

"怀疑这些有什么用呀？"

绢子夹着香烟的纤细手指微微摇晃着。富塚重新坐下来。

"对了，这周的前三天，始终没让记者看佐野君的情况，发生了什么？"

"这周初？"

"上次和你见面的两天后，周一还有周二。"

"啊……"

"怎么了？"

绢子从椅子上站起身，扶着窗边。

"这风吹得好舒服啊。"

绢子的臀部朝着富塚，别看她身材纤细，臀部却很丰满。

"怎么了？发生了什么事？"富塚起身，站到了绢子的身旁，"告诉我啊，哪里不对吗？"

绢子两眼望着窗外没有回答。

"偏偏那天，AB 型血出了很多……"

富塚望着眼前绢子的侧脸。他闻到了绢子化妆的香气。

"喂。"

富塚的手情不自禁触到了绢子的肩膀。绢子猛然回过身来，她的上半身一下被富塚紧紧抱在了怀中。此刻他不知道自己在做什么，焦急、愤怒和情欲浑然一体向他袭来。瘦骨嶙峋的绢子身体乱作一团，她越挣扎富塚手臂的力量就越强。一不做二不休，富塚把自己的脸转向绢子抓挠的手，等待她安静下来。窗边这场无声地搏斗看样不会马上停下，不过，时间一分一秒过去，绢子的抵抗明显减弱下来。

她的嘴唇被吸吮着，乳房被抚摸着，她浑身瘫软下来。富塚耳畔传来绢子断断续续的哭泣声。

"我要写一篇精彩的报道。"富塚抱着她，嘴里反复念着这句话，像是在为自己辩解。

十二

　　尽管佐野武男恢复得很顺利，但对心脏移植的反对意见不仅丝毫没有平息的迹象，反倒像有意在跟整个顺利的过程唱对台戏。

　　濑川从麻醉科复苏学的立场出发，在报纸上发表意见不赞成心脏移植。事关呼吸道和心肺的麻醉科，掌管着人体麻醉和复苏两个相互矛盾的领域。

　　如果以现在的医学常识为标准判定心脏捐献者的死亡，并以此为节点终止复苏摘取心脏的话，那么，复苏学和复苏术就无法在这个标准之上取得进步。

　　正如心脏移植超越了以往的医学常识，复苏学也在寻求突破医学常识。对于以前被认为没有复苏希望的患者，要通过努力寻找万分之一的可能性，来拯救因意外事故而死亡的生命。

　　和心脏移植对医学进步的贡献一样，复苏方面的努力对医学进步也有明确的贡献。作为从事复苏工作的人，关于心脏摘取，我们已经设置了好几项标准，在这些标准之下，即使不违反法律，也不能允许摘取心脏。

以上就是他的意见。

这个意见在报纸上刊登后的第二天，濑川来到了冈村副教授的办公室，商讨麻醉预约的事。二十分钟的讨论结束，正要回去的时候，冈村开口说道：

"报上刊登的你的报道是你自己写的吗？"

"当然了。"

刚站起身的濑川又坐回了沙发。

"你觉得那种发表的方式合适吗？"

"什么意思……"

"好，还是不好？"

"只是发表了我自己真实的意见而已。"

听了这番询问，濑川有些丈二和尚摸不着头脑。

"发言要慎重为好。重藤教授是我们大学的教授呀。"

"……"

"这样容易引起外界的揣测。"

"可是，那天晚上当我见到捐赠者的时候，我就想这肯定是要实施复苏术的……"

"可是已经做过了呀。"

"做倒是做了。"

"那就没问题了吧？"

"我觉得做的时间有些短。"

"那要是让你来做就好了。"

濑川心想，冈村根本就不了解当天晚上的情况，才说出这番话的。

"那种场合，不可能让我出手的。"

"你是麻醉医生，是最精通复苏学的。"

"别说傻话了！对方可是教授。而且当时还有十五六个胸外科的人在现场呢。"

不在现场的人懂什么呢？一时间濑川怒不可遏。冈村副教授是大他三届的前辈，但现在他也全然不顾了。

"他们已经在操作麻醉机，安装了人工心肺机，我怎么能够随随便便推开人家？"

"可是，你也没有权利写这些呀。"

"我有。我把自己的所见所闻所疑所问写出来，怎么就不行呢？"

面对怒不可遏的濑川，冈村点上一支香烟。双方默默对峙。

"那我问你，当时要是换了你会怎么做？"

"用麻醉机继续供氧，补液，注射强心剂。我认为，人工心肺机毫无意义。"

"患者有自主呼吸吗？"

"我看见的时候感觉还有。不过我没试过，没法下结论。"

"那是推断吧。"

"总之，要是我就继续实施复苏。因为，曾有过四天后，甚至三个星期后恢复意识的先例。"

"就那么坚持四天吗？要是四天恢复不了，就继续守着麻醉机坚持一周，十天，甚至一个月吗？"

"那要看情况来判断……"

"是吧。"

冈村脸上露出了得意的笑容。

"什么时候什么情况下才能停止复苏？什么时候你才能回家呢？"

"……"

"这样的标准在哪里？"

濑川一时语塞，的确没有放弃复苏的明确标准。一般经过长时间复苏未见反应，认定恢复无望即可放弃，但是在什么阶段，经过什么检查，需要丧失什么样的反应，这些都没有明确的界定标准。

"不过，要是我的话，至少还会再延长两三个小时。"

"为什么？"

"这是一种直觉。"

"直觉？你的？……"

"是的。我凭自己的经验产生的直觉。"

"喂，这里可不是乡下医院，是大学医院呀。能凭着没有学术依据的直觉行事吗？"

"既然理论没有建立起来，当然就要凭直觉去做。一概否定直觉是不对的。"

"要是按照别人的直觉，觉得应该再做七八个小时呢？"

"我觉得那就去做好了。"

"濑川君，麻醉科有多少医生？六个人吧，六个人负责整个大学的麻醉，光手术麻醉都忙不过来。再冒出个等待复苏的患者，谁来做呢？你觉得你能一连几个小时占用一个手术室，让医生和护士一直陪着你吗？单是理想或者梦想也就罢了，在现实中这能行得通吗？"

迄今为止，不乏尝试了两三个小时后最终放弃的先例。在他们当中，不能说有些人坚持四五个小时就完全没有复苏的可能。

"不能为了一种万一的可能性而牺牲现实的工作。"

"您的说法太极端了。"

"一点儿也不极端。有实际操作的人员吗？有场地和设备吗？"

说来也有道理。现实中确实很难。

可是濑川就是想不通，不管冈村说什么，他都不想放弃。自己明明看见，患者有自主呼吸，也没有他们所说的那种失血造成的面无血色。如果是自己，那个时候是不会停止复苏的。虽然找不到具体依据，但医生的经验使他坚信自己的这种感觉。说那是直觉也许是正确的，也可能实际操作是行不通的，或许重藤的判断是正确的。但是为了拯救生命，难道不应该尽最大的努力吗？

"但我还是不这么认为。"

濑川有濑川的确信。他毫不示弱地盯着冈村。

"就这样吧。归根结底，今后还要和重藤教授一起共事，做事最好要留有余地。"

冈村有些不耐烦，说完站起身来。

十三

捐赠者江口家大门紧闭，一片寂静。

偶有访客到来，只打开一条门缝，如果来者是陌生人就在门口询问来访单位和姓名。只要一听说是记者，不管是报社的还是杂志社的，一律关门谢客。

包括母亲在内的全家人提起记者便个个谈虎色变。

记不清来了多少记者，问了多少问题。其中问得最多的问题是"想对武男君说什么？"

"祝他早日康复。"

母亲像鹦鹉一般反复回答着同一句话。

无论怎么回答，记者们也不可能理解她此刻的心情。她仍然沉浸在丧子的无限悲伤和孤寂之中。她没有针对谁的意思，只是儿子的死令她愤恨不已。相比之下，佐野武男、重藤教授以及种种传闻都是区区小事。

记者一来就要互相一本正经地问答那些套话，所以她不想见。其中最讨厌最恶劣的记者来自一本面向女性的周刊。

他们每天都来采访反对移植的妹妹，希望她写一份手记，遭到拒绝之后又追到学校，说只要最后签个字就可以，不胜搅扰的妹妹只得签了字。一周之后，那家杂志洋洋洒洒登出了一篇《叫武男一声哥哥》的手记。连笔都没动，竟冒出了自己的手记。妹妹得知大哭起来，她根本就不想听到佐野武男的名字。

手术后十六天的八月末，江口克彦的父母被请到了 K 医大医院。

"武男君提出想和你们见一面表示谢意。我们担心武男君见到克彦君父母后会产生心理方面的动摇，也和精神科的医生讨论过，觉得应该没有问题。所以，请你们一定见一面。"

他们两人不想去，担心见了面没有勇气去鼓励对方。他们觉得动摇的应该是他们自己。回绝之后，重藤教授再次打来了电话。

"他说无论如何想要见你们一面。拜托了！"

话说到这个份儿上，也就不好再回绝了。

下午两点，两人穿戴好防护服和口罩进了治疗室。武男身着睡衣坐到椅子上。

"武男君，请伸出双手，握握手。"

重藤说道。两人在武男的两边坐下，分别将自己的手搭在武男放在桌面的手上。武男的手虽然瘦弱，但很温暖。

是克彦的心脏把血液送到了手指上，克彦已然精疲力竭，永远地安息了，但他的心脏现在依然跳动不止。这颗心脏从以前熟悉的地方被孤身遗弃到了完全陌生的地方，周围的所有东西都与它为敌，它一定很孤寂，想回到原来的地方。虽然这颗心脏还在跳动着，但他是多么想回到克彦那里去呀！

"太好了，武男。"

说话的不是克彦的母亲，而是另一个人的母亲。

"谢谢！我，会好的。"

突然间，克彦的母亲涌上一股冲动，想甩开握着的手，把对方甩开，推倒，再把手伸进他胸前的白色绷带里，把那颗心脏掏出来。

"小偷！你是个小偷！"

母亲拼命抑制着，没让自己喊出声。

玻璃外，是长枪短炮般排列的一排照相机。她在心中祈祷这一刻能尽早结束。

"请到这边来。"

她如坐针毡，好容易终于听到了重藤宣布见面结束的声音。两个人迅速起身，她想回去见克彦。她想到龛前对儿子说："无论别人谁死，妈妈只希望你能活着！"

当天，有报道称，美国当地的地方检察官认为沙姆韦博士在进行世界第三十三例心脏移植手术的过程中涉嫌未按法律规定验尸就进行移植手术，并对此展开调查。

沙姆韦是全世界最早提出进行移植手术的医生，这次重藤的心脏移植就是参照他的手术方式进行的。

十四

　　手术过去了三个星期，佐野武男的身体状况没有明显的变化。被公认为排异反应第二座大山的第二周也算顺利跨过来了。随着食欲日渐增长，他的脸色也更加红润了。

　　每天的记者招待会也没有往日那种紧张气氛，照样通报患者情况，有时重藤还会跟记者们开着玩笑闲聊上几句。

　　随着患者情况日渐稳定，新闻报道也开始放松下来。这也是佐野武男正在延续自己生存纪录的证明。

　　二十一，二十二，重藤每天都要在教授办公室的挂历上用红笔记录下武男一天天增长的生存天数。

　　昏天黑地忙碌完一天之后，重藤都会躺在办公室的沙发上看这些红色的数字。这些红字的的确确一天一天在增长，从五到六，从六到七，过去的每一天他都记忆犹新。有时候他感觉焦躁不安，一天像十天一样漫长，有时候则感觉无忧无虑中一天就过去了。

这些数字最后能增加到多少呢？他喜欢一个人漫无边际地想。

用不了多久就会突破三十，突破五十，突破一百吧。

迄今为止在第一次做心脏移植的医生里，还没有能让患者生存四十三天的先例。打破这个纪录近在眼前。刚开始说"胡闹"的那些中央的学者们最近也安静下来了。"走着瞧吧。"重藤一边看着数字一边自言自语。

超过三十天他们会觉得还不错，超过五十天就会惊讶，如果超过一百天他们就慌了，那个时候，他们说什么都来不及了。到那时候，他们怕自己落伍，肯定会转头，加入到赞成的行列里。想赞成就赞成好了，不过，这些毫无主见、内心卑劣的墙头草我是不会忘记的。世人也不会忘记吧。

在他的眼里，这些红字就像一座金字塔一般，每一天，高度都在确确实实地增长。

"新纪录！"

没错，这就是在日本的新纪录。在日本做这种手术的医生，除了自己没有第二个。从移植后心脏开始跳动的第一天开始就创下新纪录。昨天创造了二十一天的新纪录，今天创造出二十二天的新纪录，明天……

重藤陶醉于这些数字当中。

纪录刷新后，从第二十四天的下午开始，一直向记者们开放的医院会议室恢复原状，医院内记者的蹲守中止了。佐野武男的状况已经趋于稳定，他们也没有必要留在医院彻夜守候了。

"这下可以恢复稍微正常的作息了。"富塚依依不舍地回身望了望会议室里陪伴自己熬过了好几夜的那张行军床。

"别以为这就万事大吉了，目标还活着呢。"

"别说这种不吉利的话。"

但是，坂井满脸严肃。

"据说，两个月以后还会迎来一次排异反应的高峰。"

"那就是十月初了。"

"接下去是半年，再往后是一年。"

"也就是说，要一直要没完没了地关注下去咯。"

如此一来自己和绢子也就没法就此分开了？想到这里，富塚陷入了苦闷。

各家报社的人都来了，会议室里的物品都被收拾得井井有条。这倒是让人怀念起采访大战期间那些寝具、餐具和书籍四处散乱的日日夜夜。

"走吧。"

两人把洗漱用具塞进行囊里，走出了房间。

走出医院正好两点。阳光明媚，使人感觉秋更高气更爽。清爽的秋风一个劲儿地吹拂着两人的衬衣衣襟。

"头儿，去小樽庆祝一下吧。"

"去兰岛？……"

"是呀。去兜兜风，顺便去江口君出事的地方转一圈儿。"

"说的倒也是。"

一般来说，报道告一段落之后，接下来会刊登一些采访内幕和座谈会报道。坂井心想，即使事情过去了一个多月，现在重新到事发地再走上一遭也不会一无所获的。

富塚向报社要了专车。

一个半小时之后，两人抵达了兰岛海岸。

初秋的海，空无一人，一片寂静。傍海的山脚下，满眼都是铺天盖地的芒草穗头，其间点缀着紫色的葡萄。

"沙滩的右手边，从忍路一侧向东二百米，离岸三十米的地方，就是事发地点。"

富塚边走边目测着沙滩。

"就是那个位置吧。"

"真近啊。"

两人眼前是一片再普通不过的初秋的海。海面上荡漾着的蓝色条纹显示着深度的差异。

"真是匪夷所思呀！"

富塚望着大海感叹道。

"那天，要是他不来这里游泳的话……"

两人伫立在扑面而来的徐徐海风之中。

"如果再早一点或者再晚一点被发现的话……接下来，如果不被送到小樽，不，如果没有被送到医大……"

只要提出一个假设，再推下去就没完没了。

"要是没有重藤教授……要是没有佐野武男……"

一个一个的偶然积累起来，成为一个绝对的偶然，中间缺少任何一个环节，最后的结果都不能成立。

"结果……"

坂井一边任凭海风吹拂着自己的头发，一边说道。

"说到底，真是世事无常呀。"

两个人斜穿过沙滩回到了镇上。

晚上，富塚见到了伴野绢子。自那天晚上开始，在街上吃完饭之后去富塚的公寓，不知不觉间成了两人固定的路线。

进了屋，两人隔着小桌相向而坐，富塚有些不好意思，感觉他们俨然如两口子一般。

"今天发生了一件有趣的事哦。"绢子一边沏茶一边说，"一名周刊记者冒充患者想溜进病房。"

"哪家周刊的？"

"Y周刊的。"

Y周刊是久负盛名的女性杂志。

"还是个女记者呢。"

"住院了吗？"

"不是。不知那人在厕所还是什么地方换上了睡衣，装成患者混进病房的。"

佐野武男三天前从重症监护室移到了护士值班室旁边的头等病房。

"这么容易就混进去了？"

"当然不可能。走廊武男君那侧的门上了锁，不可能从护士值班室的门进去的。"

"病房里不是一直有医生在吗？"

"是的。就连和值班室连接的门也都上了锁，绝对进不去的。"

"是谁抓到的？"

"是医生。不过，是我先发觉的，不知道为啥有个人在那里转来转去，朝门这边看。开始还以为是来取药的，可那人一直不离开，看上去是张生面孔。"

"蛮警觉啊。"

"我就问她：'你有啥事？'"

"接下去呢？"

"她回答说，想借一只体温表。"

"真是大胆的家伙。"

"我觉得很奇怪，正想拿体温表的时候，佐木医生打开了病房之间的门，她就想趁着这当口一下子冲进去。"

"跟敢死队似的。"

"我惊呼起来，大家一下转过头来，三下两下就把那人抓住了。"

富塚躺到被子上笑了起来。

"抓住后才发现，那人的腰里面藏着照相机。"

"单说她这工作热情还真是挺了不起。"

"那人被重藤教授好一通教训。"

相比之下自己又怎么样呢？富塚望着绢子的后背呆呆地沉思着。和她搞成这种关系还不是为了采访吗？而自己又得到了什么呢？

最重要的事，就是证实了手术后确实又进行了一次小手术，而且是为了清除心包积血，手术本身无可非议。其后也一切顺利，过了一周时间，也没有发现什么值得大书特书的事情。除此之外，还会有更轰动的消息吗？比如佐野武男因偶发事故突然死亡、重藤教授隐瞒死亡时间等等。他一边不着边际地遐想着，一边又像尽义务一样抱紧了绢子。

十五

K 医大第三内科的木原教授满脸激动地面对着麻醉科的井上教授。

"真是岂有此理，不能再放任他这样为所欲为了！"

毕业于 T 大学的木原在四十二岁成为了 K 医大的教授。虽然还不到天命之年，可他的头发几乎全白了。

"阻止了第二次手术，表明 K 医大里还有良知派存在。"

木原的话音虽然不高，但是饱含热情。

"光是我了解到的临床和基础医学部门，加起来已经有五位教授表示支持了。请您也务必支持。"

木原掏出笔记本，把五个人的名字给井上看。

"我们准备成立一个组织，目的是为了不再让重藤教授进行心脏移植，请您也参加。"

接受心脏移植的佐野武男在手术两周前曾是木原负责的第三内科的病号。大概是因为对武男手术前的病情了如指掌的缘故，他成了教授会内部反对心脏移植派的急先锋。

"我也觉得这件事没有什么值得赞赏的。"

手术后的第二天，井上从濑川那里听说了心脏摘出的经过，就对此提出了好几个疑问。即使没有任何质疑，从麻醉科复苏学的立场来看，心脏移植也不是什么好事。

"我不是专业的麻醉医生，所以不太清楚。但是，作为内科医生，我觉得这是不能容忍的。"

"学术上还有很多问题尚待解决。"

"排异反应和组织匹配问题姑且不论，更根本的问题是，患者是否有必要做这样的手术。"

"你是说没必要做吗？"

木原使劲点点头。

"我之所以把他转到胸外科，是因为我觉得他应该进行心脏瓣膜置换术。"

人的心脏里有四个瓣膜用来防止血液逆流，分别是二尖瓣、三尖瓣、主动脉瓣和肺动脉瓣。现在其中任何一个出了问题都可以用人工瓣膜进行置换。

"他的问题不是多个瓣膜的吗？"井上问道。

人工瓣膜的置换不能四个全换，换一个是上限。四个都不好的话，换一个也没有效果。可以说，只有到了四个瓣膜都出了问题，不能进行人工瓣膜置换的时候，才具备进行移植手术的具体条件。

"他的二尖瓣是完全不行了，三尖瓣也多少受到了影响。但是主动脉瓣膜首先是没问题的。当然，一个瓣膜不好最终会影响到其他的瓣膜，所以四个可能都不完全正常。但是，从武男君的情况和迄今为止的经验来看，我认为只要置换二尖瓣就能解决。所以，完全没有必要进行心脏移植。"

木原的两只手掌一张一合，用以掩盖内心的激动。井上心里一时没了章法，把视线移向了窗外。傍晚的夕阳映照在窗边。九月初凉风习习，已经不需要电扇了。

"Experimental study！"

井上突然想起了手术结束那天早晨，在手术室门口听到的重藤的那句话。

Experimental，实验性，临床医学本来就是实验医学好吗？临床医学常常被人赋予实验的因素。即使内科医生用药，也不能说没有这方面的因素，不过那只是在容许量范围内，十个人中最多一两个而已，而且认为胸有成竹才会去做，那些都不是会影响生死的大问题。就算是实验，当然也有个度。而那是个彻头彻尾的错误，是过分之举。井上知道自己的想法逐渐集中到了问题的要害。

"听说武男君做了心脏移植，我和医务室的人都震惊了，感觉他的心脏应该更像一台框架正常、只需要更换新显像管的电视。"

井上觉得这个说法很好。

"你说他的问题是多瓣膜的吗？"

"一个瓣膜出了问题的话肯定多少会影响到其他的瓣膜。在显微镜下，即使是正常人都能找出很多疑点。问题不是多个瓣膜如何如何，关键是是否全都糟糕到非进行心脏移植不可的程度。"

木原曾将这些质疑告诉过 N 报记者，但不知他们理解了多少。

"重藤说，再这样下去武男君会自杀的……"

"夸张，这种说法太过夸张。住院一久谁都会产生这种心情的，多半是发发牢骚而已。但说想自杀和真正自杀是截然不同的两回事，心脏病患者当中有多少人因为对前途悲观而自杀呢？只是一小部分。从全国患者的总人数来看，别说百分之一了，连千分之一都达不到。"

"可就他这种状态根本不可能回归社会的。"

"是的，几乎不可能，不过活下去还是没问题的。"

"重藤说过，两死换一生。"

木原微微一笑，显出一副不屑一顾的表情。

"我和重藤正相反，是两生换两死。"

"两死？"

"一个已经死了。一个将要死去。"

这一点井上也预料到了。

"您赞同吧？"

"我明白。"

听了井上的这番回答，木原这才放下心来，喝起了刚才秘书端过来的咖啡。

下午五点是胸外科医师团队举行例行记者招待会的时间。从一周前开始，重藤只在下午五点会见记者时露面，其他时间都交由手下的医生应对。当天的重大新闻大多是在五点的记者招待会上由重藤亲自发布。今天他到底要在记者的包围下讲些什么呢？井上在隔着一条走廊的房间里想象着电视剧里常见的场景。在镁光灯下的重藤俨然就像电影明星或大臣一样被记者围得水泄不通，记者们记录着他的每一个字。见此情景，有的教授皱起眉头，反感这种明星做派，有人批评说他不像个学者，还有的医生说他就做了那么一台手术就忘乎所以。但是重藤成了明星真的就那么幸福吗？井上并不这样单纯地想。近些天在走廊和教授会议上见到的重藤，看上去很孤独，甚至有些凄凉。

"之前的联合会诊您肯定没去吧？"

"听说只有千野先生和其他三个人参加了。"

"是的。稍微知情的人都没有参加。"木原的语气虽然平静但攻击性丝毫不减，"那根本不是出于学术目的，而是为了给人留下全院上下通力合作的印象，再就是在患者死亡的时候想要分摊责任。"

"也许有那样的意思。"

井上觉得重藤教授完全做得出来。这个外科医生虽然外表看上去大胆且强硬，但其背后却常是精打细算，一旦找到机会就会为了获胜不择手段。从学医时代到从医时代，重藤给他的同事们都没留下好印象，很多人都感觉被他欺骗了。这不仅仅出于对这位年轻时成为教授，而今又一举成名的男人的嫉妒。井上觉得，大概是他的性格注定了他没朋友。

"千野先生特意去了呢。"

"他也是出于无奈。"木原苦笑起来，"他只是热爱这所大学。"

"他有种父亲一样的心情吧。"

倾尽自己后半生心血发展起来的大学扬名世界，老教授肯定很高兴。排异反应、多瓣膜心脏病、死亡判定这些名词，对这位脱离现代医学已经十多年的老学者来说不是轻而易举就能理解的，更别说内中细节了，他只是从内心为学问进步感到高兴而已。井上希望自己也能保持那样一种纯真的心态，他为自己对老教授的批评感到厌恶。

"不过，有件事如果您同意，我想马上就开始行动。"木原喝完杯中的咖啡，说道，"发表禁止再次进行心脏移植的声明如何？"

"对外吗？"

"也准备在报纸上刊登。"

"那可能会有些问题。"

"以教授自愿的形式。"

"可能只会让新闻界高兴。证明咱们 K 医大内部不团结。"

"我想让大家知道在 K 医大里面也有理性派。"

"能单纯从学问角度理解当然好，但总会有人从人情去解读。"

"我也担心这个。"

木原用右手轻轻敲击着桌面。

"总之，不允许有下一次就可以了。只要让重藤医生知道教授会内部有相当多反对意见不就行了？"

"这样他就会死心吗？"

重藤教授的强硬态度似乎让木原心有余悸。

"就算是重藤教授，应该暂时也会告一段落了，他应该很累了，无论在身体上还是在精神上。再说这次又是一举成名，他也该满足了吧。"

"就算发明了治疗癌症的特效药都不会有这么轰动吧。"

两人相视而笑起来。

"无论谁来做第二例都很难了。"

"如果是他手下的门生……"

"那这样一来，无论成败，大家都有面子。"

一边嚷嚷着要批判，一边不知不觉间被有关重藤的各种话题牵着走。善恶暂且不论，迄今为止引起了大家注意的重藤果然算是个人物。井上反倒对重藤佩服了起来。

"还有一件事，听说最近几天知事要来探望武男君。"

"噢，之前听秘书长说过。"

"我想，应该制止这个计划，知事来探望鼓励武男君这件事本身倒也无妨，但如果给人造成肯定手术正当性的效果，那就不合适了。"

两个人的心里都没有底，不知道他能做出啥事情来。

"因为知事对其中的来龙去脉一无所知。"

"又要哭吗？"

井上想起制片人讲过那句话：在休息室说笑的人，一旦镜头转向他立刻就会哭出声。是演技，是感动，还是本身脑子转得快，可以令其在人前毫不羞愧地做到这些？某种意义上这也是一种不可多得的才能。

井上越想越感觉重藤这个人不可思议。

"就算要通过秘书长，我也得申请一下。"

木原慌忙翻开笔记本说。

十六

时间进入了十月。

整个九月里都在屋顶散步，还坐着轮椅在外科学会登场的佐野武男，最近也很少在报纸上出现了。这一方面是因为武男的情况趋于稳定，另一方面还因为大家对心脏移植的报道已经看腻了。

这段时间，富塚开始后悔和伴野绢子发生了关系。

他接近绢子的直接原因是为了获取胸外科内部的消息。一开始，他根本不想为这事涉入太深，可不经意间竟着了魔，原来的同班同学变成了一对如漆似胶的恋人。虽然富塚是为了得到消息，但也不能否认，富塚本身多少也有些被绢子的玉体搞得神魂颠倒。绢子皮肤黝黑，相貌平平，但苗条柔软的身体却令他欲罢不能。

到了十月，绢子只要不值夜班，便每隔一天就去一次富塚的公寓，为他打扫、做饭。虽然这样很方便，但深陷其中的富塚，有着难以脱身的不安。

富塚清楚记得，绢子绝非处女之身。别说是处女，应该已经和好几个男人有过经验。他想象着其中可能有外科的医生。想到这里，他开始厌恶起绢子的身体。

富塚当然没有权利指责绢子不是处女。但一想起绢子在第一个夜晚激烈的抵抗，他就有一种被欺骗的感觉。或许是被她算计了吧。回想当时，望着云雨之后绢子闭着双眼的脸庞，二十九年的岁月痕迹难以掩饰地浮现出来。虽然觉得得手之后便这样说显得很自私，但此时此刻他还是想要马上就逃离这里。

他之所以感觉自己上当受骗，还因为从绢子那里得到的消息出乎意料地少。这些天，佐野武男的病情没有任何变化，医生团队发布的消息已经足够了，其中也看不出什么特别隐藏的事实，暂时没有恶化的迹象。

正如富塚所料，从那天晚上起，绢子开始积极地向他提供有关武男的情况，有时还会特意打电话告诉他。然而，在绢子提供的材料中，特别有报道价值的寥寥无几。

"好像没做脑电波呀。"

第二次来到富塚住处的时候，绢子说。

"果然不出所料，透视呢？"

"有传言说没人见过。"

"到底有没有？"

"我不知道。"

"问过医生吗？"

"涉及心脏移植的事所有医生都守口如瓶。"

他追问不下去了。

"那天晚上捐赠者是啥样子？"

"听说是面色苍白。"

"呼吸和血压呢？"

"这些事护士可不知道。"

事到如今，绢子不可能对富塚隐瞒什么。实际上，护士知道的消息范围很有限。看来不跟医生接近是不行的，她明明没有什么利用价值，自己却下了过多功夫。绢子积极的接近，让富塚愈发躲闪起来。

"今天吃了一片甜瓜和乌冬面。"

"武男的妈妈来放下了睡衣。"

"武男君是阪神虎队的球迷。"

虽然绢子搜集了不少新奇的爆料，但离特别报道还差十万八千里。富塚借口工作太忙，推掉了和绢子的约会，住在朋友家里躲避着她。

"最近忙吗？悠着点儿，别累坏身子。"

她给报社打电话，有时还亲自登门拜访。别的记者朋友就不用说了，对坂井他也没详细说明两人的关系，所以同一个女人屡屡来电话，搞得大家都有些心烦。于是乎乍看起来非常成熟的绢子令人意想不到地执着起来。看到绢子开始自居妻子身份步步紧逼，富塚越来越想离开她。

"我干了件蠢事。"

富塚对自己的急于求成感到追悔莫及。

不过，到了十月中旬，绢子切实察觉到了富塚这些心理变化。

电话不打了，即使偶然在医院相遇也装没看见。

和绢子疏远之后，富塚反而对她产生了欲望，但他忍住了。绢子是个要强的女人，是不会哭哭啼啼死缠烂打的，继续保持冷漠，日子一长也就分手了。富塚告诉自己，虽说多少带来一些不便，但也别无他法。

十月过半，札幌的街道上已经隐约弥漫着深秋的气息。路旁的法国梧桐已经掉光了叶子，只剩下尖利的树枝，刺向寒冷的秋日天空。

那天十点半，富塚健太郎赶到了道厅的记者俱乐部。

从俱乐部五楼朝西望去，札幌的景色尽收眼底。笔直的大道一直延伸至山脚下，那里一个月前还是满眼葱绿，现在已经变成了深褐色，尽头处遥遥可见手稻山上的皑皑积雪。

"富塚先生，您的电话。"

刚进俱乐部，就听见一位姑娘的喊声。

"谁来的？"

"一个叫伴野的。"

"噢，知道了。说我不在好了。"

"昨天也来过两次电话。"

"没关系。"

姑娘按照吩咐回了话。

吃完午饭歇了一会，富塚和 A 报社的记者下起了象棋。两人二十分钟就接近下完一盘，局面只要攻破一点，便势如破竹。正当富塚准备将死对面的时候，电话响了。

"富塚先生，这次是报社来的。"

"请慢慢考虑。"

富塚丢下一句，起身去接电话。

"赶紧去 K 医大。"

一抓起话筒，里面就传出坂井急切的声音。

"死了吗？"富塚脱口问道。

"不知道，两点半开始。我和摄影师从这里直接赶过去。"

"知道了。"

他一看表，现在是两点十分。富塚这才想起伴野绢子从昨天接连三次来电话的事。

不足三十平方米的医务室里挤满了提前赶来的记者。

"武男君从十八日开始出现血清性肝炎，低烧伴随呕吐，无法进食固体食物，只能进流食，因此体质也相当虚弱。他的病情这几天不断恶化，目前面临着巨大的难关。"

发布完毕后，记者们开始提问。

"是排异反应吗？"

"不是的。当然，这也不是抑制剂带来的副作用。这通常发生在需要输血的大手术之后，武男君之前因心脏疾病的影响，肝脏和肾脏已经严重受损，因此更容易出现这种症状。"

"迄今为止，总共给他输了多少血？"

"大约六千四百毫升。"

“下一步会怎么样？”

“如果不进一步恶化的话，一两个星期就会好了。武男君也很努力，天天在日历上画圈。”

重藤对着伸过来的麦克风，逐字逐句地回答着。站在两边的副教授和医务室主任抱着胳臂一动不动。

“今后将如何治疗？”

“使用丙种球蛋白，医疗团队正在全力以赴进行治疗。”

重藤的回答条理清晰游刃有余，像是有备而来。完全没有两个月前第一次宣布手术时那种声音颤抖的痕迹。

“为防万一，我先告诉大家。全世界所有国家的首例手术中，活过四十六天已是最高纪录。”

说着，他向记者们一人发了一张纸，上面记录着患者的生存天数。一走出医务室，富塚直奔正门前那部公用电话，打给了值班室里的绢子。

“现在能见个面吗？”

“我很忙。”

绢子语气冷冰冰的。

“听说昨天和今天你打过电话？”

“……”

“是佐野君的事吧，他怎么样了？”

“刚才你不是都听过了。”

“他还有意识吗？还有救吗？”

绢子没有回答。

“今晚见个面吧。”

“……”

"喂，拜托了，详细点告诉我！"

富塚的语气逐渐近乎哀求。

"你怎么了？"

"我不想再被你利用了。"

"利用……我不会利用你的。"

"够了！我领教了。"

"喂，你——"

对方像猛甩一般挂断了电话。

"混蛋，再也不能求她了。"

恼羞成怒的他将话筒狠狠地摔了回去。

第二天，医疗团队宣布，武男君的病情进一步恶化，出现意识模糊和心律失常。

瞅准午休的三十分钟，富塚跟第三内科的木原教授见了面。手术后，富塚曾见过木原教授一面，并听了他的意见。

"其实这更应该视为排异反应。如果是输血导致的术后肝炎，那症状也太严重了点。不管怎么说，必须先知道肝脏检查的数据和血氨含量之类的情况。如果公布这些数据的话，我们这些专科医生也能助上一臂之力。"

木原分析得丝丝入扣，同时流露出爱莫能助的焦虑。

"今天早上公布的数据，血压一百到八十，脉搏一百，呼吸每分钟二十……"

突然木原挥了挥右手。

"这些数值没有半点儿参考价值，那位医生好像每天都发布这些东西，完全是在愚弄外行。即使出现排异反应，血压、脉搏、呼吸频率也几乎不会有变化。我们想了解的是更专业的数据，他们手里肯定会有。"

木原充满学者风范的脸上，微微泛出红晕。

"和绢子吵翻真是大错特错，实在不是时候。"

和木原教授分手后，富塚又恋恋不舍地想起了绢子。

一度病危的佐野武男，后来又好转起来，在初次宣布病危一周之后的二十七日，重藤教授宣布：

"他依然黄疸严重，食欲不振，但是已经脱离了病危状态。"

"这下可以放心了。"

坂井走在医院前枯叶满地的人行道上说道。

"可是我越来越不愿意干记者这个行当了。"

"为什么？"

坂井双手揣在大衣口袋里说道。

"事情不是明摆着吗？我们明明知道重藤说的话里漏洞百出。决定移植手术的时间根本不是三更半夜，而是早得多，也没有留取捐赠者的脑电波，武男君绝对不需要做移植手术，所谓血清性肝炎可能就是排异反应。但这些都不能大书特书，顶多只能当作某人的谈话写出来，而大号铅字印出来的全都是重藤的言论。"

毕竟还是不能把自己和绢子的那些事告诉坂井。

"无论怎么采访，写出来的只是一小部分，而且还得字字句句取悦于他。"

"懂的人自然会懂。"

对于坂井这番话，这次富塚也不想跟着点头了。

十八

"札幌，札幌，东京呼叫札幌……"

N报北海道支社的东京札幌专线呼叫不停。

十月二十九日上午七点。值班的是须贝主任和富塚。凭窗望去，札幌的街道开始在晨曦中慢慢苏醒过来。

"是的，这里是札幌。"

富塚抓起话筒。

"这里是东京，佐野武男君的情况没有变化吗？"

"佐野武男！"富塚连忙把右手中那本没读完的周刊放在桌上，把话筒换到右手上，"我说，有什么事吗？"

"听说正在东京参加胸外科学会的重藤教授今天早晨突然要乘坐头班飞机返回札幌。"

"真的吗？"

"刚才，采访学会的记者说的，只知道要回去，详情不清楚。"

"明白了。我马上调查。"

一时间，他感觉好像当头挨了一记闷棍。原来以为血清性肝炎过后就恢复健康了。昨天重藤教授进京参加学术会议，富塚就完全放下心来。

"主任，听说重藤教授今天坐头班飞机回来了。"

"回来了？"须贝大叫起来，"千岁机场的头班飞机几点到？"

两人彻夜未眠的困意一扫而光。

"八点二十。"

"好，紧急召集坂井以下的人，准备完毕派一个人去机场，其余人全部去 K 医大。"

"知道了。"

还没听完，富塚就往坂井家拨起了电话。

在这架日航波音 727 后排三分之一处的一张座椅上，重藤庸介抱着双臂紧闭双眼。他戴着浅色的墨镜，人们很难轻易认出他就是重藤庸介。无论在机场还是在飞机上，都没有记者发现他。

"接下来是最后的工作。"

他把座椅朝后放倒，仰躺下去，轻声叹息道。

从札幌打到东京的最后一个电话是今天凌晨一点。接起电话，他立刻就听出是佐木讲师。

"怎么样？"

"没什么，还那样。"

"好，我乘早班机回去。准备一辆救护车到机场接我。"

"我明白。"

夜深人静的房间里，佐木的声音听起来像隔壁传来的那样近。

"家属怎么办？"

"天亮后叫他们到别的房间等我。"

"是。"

"那就拜托你了。"

"我等您。"

电话就此挂断了。重藤长喘一口气，回头看了看四周。

东方的天空格外明亮，那边才是名副其实的朝阳。九千米的高空，没有任何遮挡。在阳光的照耀下，机翼犹如一张薄薄的锡纸。

重藤眯着眼望着阳光下的云海。太阳和云海看上去像静止了一般。

"反正，我尽力而为了。在医学上，这是理所当然的，肯定会得到原谅，不，是应该得到原谅。"

他闭上双眼咬着嘴唇。

"这事总要有人来做，我做了。即使我不做，也会有人来做。"

他在嘴里又重复了一遍，仿佛要确认自己的想法。反复思考使他确信了这个想法，在心中坚定下来。

"绝对没有错误，这是最好的做法。"

相信自己，坚信自己，才是唯一出路。

一睁开眼，太阳已经渐渐褪去了红色，正在向上移动，前方的云海被切断，散乱的云中只有一面带着朱红色。他还从来没有乘坐过这么早的飞机。突然重藤想起了三十年前少年时候对飞机的憧憬。如果当时当上了航空兵，自己现在会是什么样子呢？

"银翼展翅，驰骋蓝天……"

这首歌虽然有二十年没唱了，但还能脱口而出。重藤一边默默哼唱着，一边回忆着那首歌，他感觉自己太可笑了。

十九

深夜凌晨两点，一辆小型出租车在三十六号国道上疾驰着，车里坐着佐野武男的父母和姐姐素子，三个人都把手揣在大衣口袋里，沉默无语。随着偶尔传来的轰鸣声，夜色中迎面疾驰而来的卡车前灯射出耀眼的光芒，擦肩而过。道路转弯，车灯投下的光环消失了，前面是一片黑魆魆的树木。

札幌的街道上依然残留着夜晚的痕迹。三个人木然地凝望着通亮的街道。

清晨四点，三人到达医院。素子率先，直奔病房，父母二人紧跟其后。黑暗的走廊尽头，只有一处投射出明亮的光线。

听到奔跑的脚步声，从里面走出一名医生。

"怎么样了？"

"请稍等一下。"

从半路上就开始狂奔，三个人现在全都上气不接下气。

"现在是关键时刻，正在全力抢救。请先到别的房间等一下。"

走廊一侧的病房大门紧闭，医生们通过值班室连着的门进出其中。从走廊上只能看见挂着绿色窗帘的小窗。

"请到这边来。"

医生朝电梯走去。三个人一步三回头，跟在医生后面。电梯很快开始下行。

"对不起，请你们在这里等候。"

房间很大，杂乱无章。一边有些杂物，前面是厨房。素子记得门口写着"地下食堂"的字样。深夜食堂一角的荧光灯下，三个人相对而坐，默默无语。

一个小时过去了。母亲一直双手抱头，父亲开始抽第五根烟。有好几次好似传来了医生的脚步声，结果是幻听。周围死一般的寂静。

又过了三十分钟。凌晨的寒气从脚下袭来。素子强忍着涌上心头的怒气，不停地踮着脚，用拳头敲着桌子。

这时候，紧紧抱着头的母亲开始呜咽起来。父亲和素子呆呆地望着母亲蓬乱的头发。呜咽的声音不大，一直持续不断。呜咽声点燃了素子满腔怒火。

"妈妈，你这是干什么？妈妈！"

素子也不知道自己为什么会责备妈妈。她的怒火无处发泄，才没头没脑责备起母亲。

"对不起，我受够了，我不想活了。"

说着，素子也哽咽起来。

被告知因血清性肝炎生命垂危的时候，每天会面的时间只给不到一个小时。武男肯定有心里话想用自己的方式向父母倾诉。母亲想，如果自己一直在他身旁陪伴的话，说不定武男会撒娇，会向自己诉说一番。

"反正活不了多久了，就该让他任性，想说什么就说什么。"

当听说武男病危的时候，母亲一晚上都在重复这句话。而在离家十二公里的河道工程上班的父亲也不能每天丢下工作。就是到了医院也见不上儿子的面，只能在房间里等候，反而更加痛苦。

"我不要，我不要。"

女人们像任性的孩子般念叨着。

"武男完全交托给医生了。"

父亲这么说着，却发现这句话根本没法安慰他的妻子。

六点了。上早班的炊事员来了。

阳光从半地下的窗户上半部射进来。

"妈妈。"

素子仰起哭肿了的脸。

"我去找医生。"

"妈妈也去！"

三个人起身走出食堂。

上午十点，三个人站在武男病房门口。里面的病床周围摆满了各种各样的器械，还有很多穿白大褂的人。透过人们的肩膀隐约可以看到武男的脸，被子一直盖到了他的口鼻处，他的嘴里好像还插着一根金属管。

"武男。"

"请不要靠近，在这里看就可以。"

旁边离他们最近的一位医生拉住了想要靠前的母亲。

"现在是关键时刻。我们正在全力抢救。请在医院休息。"

病床旁传来重藤的声音。

"那么，走吧。"站在一旁的伴野绢子说道。

三个人再次将目光投向武男的脸，这张脸近在咫尺，又无比遥远。

一张白得吓人的脸。

走在走廊上，素子回想起弟弟刚才的那张脸。

二十

下午一点半，重藤教授出现在严阵以待的记者们面前。

"十分钟之前，佐野武男君去世了。死亡是由于患血清性肝炎时并发支气管炎，喉咙被痰堵塞，造成呼吸困难。虽然医疗团队用尽了所有可行的办法，但还是没能成功。"

说完，他慢慢闭上眼睛，将右手贴在自己的额头上。相机一齐瞄准了重藤。

"都做了，我们真的尽心尽力了。"重藤在对另一个重藤说话。另一个重藤在他看来无比可爱，而且诚实坦率。重藤的双眼噙着泪水。那流泪比迄今为止任何一次都平静。

短暂的沉寂之后，记者开始发问了。

"死因和排异反应有没有关系？"

"心电图未显示任何征兆，因此可以说没有关系。原因是痰堵塞，是一次完全始料未及的偶然事故。"

重藤回答的同时，眼里再度迸发出鹰一般的光芒。

"从结果看可以认为手术成功吗？"

"我认为，我们做了一台非常成功的手术。但是今天早上发生了这样的突发事故，令我欲哭无泪。"

"下次有机会您还会做吗？"

"如果有机会的话，我想我必须做。"

说完重藤抬起头，像是要挑战似的，两只眼睛睁得大大的，已经完全看不到泪痕。提问就此中断。

"那么……"重藤准备起身。

"请等一等。"

富塚从后排站出来开了腔。

"我想请问一下……深夜痰堵塞的时候患者是个什么状态？"

刚要起身的重藤再度坐下，目视着身旁的佐木讲师。

"据我所知，患者呼吸困难，脸都憋黑了，心跳也很微弱。"

"当时采取了什么措施？"

"输氧，器械呼吸的同时实施心脏按压，用尽了所有可能的手段。"

"抢救一直坚持到最后了吗？"

"当然。"

重藤笑了，他要看看眼前这位初出茅庐的记者要问些什么。

"也就是说，从今天零点到下午一点二十分，一共用了大约十三个小时，是吧？"

"完全如此。"

重藤的回答斩钉截铁。

"为什么进行了十三个小时呢？"

"为什么？因为尽其所能救死扶伤是医生的义务。"

重藤瞪着富塚，仿佛在说他是个孤陋寡闻的臭小子。

"按照江口君的情况，抢救顶多也只要三个小时。"

"嗯？"

顿时，重藤哑口无言，像是被击中了要害一样。后面交头接耳的记者们也一下子安静下来。

"这个……"重藤支支吾吾左右顾盼，"这个和溺死的情况是两回事。"

"怎么讲呢？"

"医学上讲起来很复杂，在这里无法简单说明。"

重藤再度站起身。

"请等一下。这次死因是如何判定的？"

"判定？"

重藤怒视着富塚。

"这是我们医疗团队二十名成员共同决定的。"

说完，他转身就走。

"先生……"

重藤身后传来富塚的声音。

"这次的心脏还可以再用来移植吗？"

正欲撤离的医生们发出了一阵轻微的笑声。

"医生判定死亡之后，过了四个小时，江口君的身体才被使用的……"

重藤停住脚步，回头看了看。然而，他的双手一直插在口袋里，然后像回过神一样，再度转身向前。重藤没有回答，医生们簇拥着他继续前行。

那天下午三点，佐野武男的遗体开始进行解剖。到场的除执刀的病理专家布川副教授外，只有重藤及其麾下的胸外科全体医生二十人，以及名誉教授千野。

二十一

　　佐野武男的葬礼于第三天的上午十点开始，在离札幌一小时的 E
町兴安寺举行。

　　在四层豪华的祭坛中央，武男面带羞涩地微笑着。这所镇上最大
的寺庙里，除遗属外还有二百多位前来吊唁的人。刚在东京做完学会
发表的重藤教授，从机场直接赶来进行告别。

　　捐献者江口克彦的父亲坐在不起眼的角落里。

　　祭坛两侧摆满了町长、町议会议长、议员和报社等送来的供花，
从全国各地发来的唁电有五十多封。

　　武男的灵柩抬上灵车的一刻，聚集在兴安寺院内的近千名市民纷
纷低头默哀。

　　在道路上目送灵车离开后，富塚再度回到寺里。此刻坂井应该还
在里面等候着。有一群人正要返回。在返回的路上，他发现了人群中

伴野绢子瘦削的脸庞。今天她穿着黑色的套裙，苗条的身材看上去显得愈发紧绷。

绢子似乎也注意到了富塚。两人相隔五米，富塚停下了脚步。离最后一次在医院见面已经过去了两个星期。

两人在冰冷的寺庙里相见。绢子的眼神冷若冰霜。这样的见面，无论如何也不会让人联想到两人曾经发生过肉体关系。

"承蒙……"

富塚的话到嘴边又咽了回去。他觉得说承蒙她照顾有些可笑，反正一切都已经成为过去。这时绢子轻轻歪下头，像是在问"有事吗？"

"为什么不告诉我？"原本不想说的话，富塚又不禁脱口而出，"那天早上……"

"早上？"

"我只希望你告诉我病危的事就行。"富塚的语气里略带埋怨，"要是我在前一天晚上知道就好了。"

"前一天晚上？"

"就算因为是突发事故没有办法，但至少……"

不料此刻绢子眯起的眼睛里浮现出了笑意。

"好笑吗？"

笑容顿时溢满了绢子整张脸。她使劲闭住嘴才憋住了笑声。

"怎么了？……武男君前天下午一点……"

"对啊。没错呢。"

"嗯！有什么……事吗？拜托，告诉我！"

绢子终于笑出了声。她用手捂着嘴，身体前倾笑个不停。笑完之后，她定睛凝视着富塚。

"我，不知道。"

绢子使劲瞥了一眼，转身从富塚身边穿过。

"喂……"

等他转过身的时候，绢子瘦削的身影已经消失在人群里了。

富塚心里如同丢失了奇珍异宝，眼见唾手可得的东西却又一下子失去了。这究竟是怎么一回事？富塚百思不得其解，但确确实实感觉到失去了什么。

"不是那天死的吗？"

富塚望着绢子汇入的人流，木然在原地伫立良久。

与此同时，木原教授来到了 K 医大麻醉科井上教授的房间。

木原为了平息心中的怒气，一口接一口地抽着并不合自己口味的香烟。

"也没跟您联系？"

"完全就是秘密解剖。竟然连我这个内科的主治医师也没通知。"

"居然有这么荒唐的事！"

此时的井上也义愤填膺。

这是难得的宝贵数据。如果是为了学问，难道不应该让所有的医学专家看吗？不管是什么样的解剖，都应该在院内进行公示，让所有人都能观摩。

"公布的死因也是因痰堵塞引起的偶发事故。痰堵塞导致的死亡，一般是发生在弱不禁风的老人身上，所以这显然是排异反应严重造成的。这种事即使糊弄住外行人，稍微懂点医学知识的人见了肯定马上就明白了。"

"他还真是大言不惭。"

"我不是说不能死，也不是说移植手术绝对不可以，而是说，应该在做出正确医学判断的基础上谨慎行事，而不能只为了个人的名誉和实验。"他的老毛病又犯了，一激动起来就一刻不停地眨眼，"我真捉摸不透，那些赞赏他的人是怎么想的。"

"不，他的大胆还真是值得称赞的。"

两人无可奈何地笑起来。

"不过，你知道那颗心脏的下落吗？"木原低声问道。

"那么，到底在哪儿呢？"

"好像藏在包括他在内只有三个相关人员知道的地方。"

"能看看就好了。"

"将近三个月了，真是颗顽强跳动的心脏。"

一想到这所大学里的某个地方藏着那颗心脏，井上就感到毛骨悚然。

那不是重藤的个人收藏。

"除了在学术杂志发表，还应该将之毫无保留地向所有想看的学者公开才对。"

"可他没有那么做！而是将之据为己有，秘不示人。"木原说道。

难道他要永远隐藏起来吗？想到这里井上感到不寒而栗。

可能重藤每天晚上都像幽会一样一个人去与那颗心脏相会，那颗自己擅自判定死亡，擅自摘出，擅自培养着的心脏。

想到这里，井上教授默默站起身来。

二十二

佐野武男的头七那天，坂井和富塚来到佐野家。他们想在感谢佐野一家此间多次接受采访的同时，也静下心来给死者上一炷香。对二人来说这三个月是痛苦的，但也是很有意义的。

武男家是一栋奶油色的二层小楼，外观很雅致。

穿过饭厅，里面一个八张榻榻米大的房间里，摆着武男的龛位。在遗体告别仪式上见到的武男的遗照旁边，是一张武男术后第二十八天在 K 医大屋顶坐着轮椅拍的照片。照片里，重藤教授用手指着什么，逗得武男开怀大笑，后面母亲的笑容清晰可见。龛位的左边挂着当时武男围在脖子上的围巾。围巾旁边的一个水果篮，上面能看到"江口隆司供"的字样。这是心脏捐献者父亲的名字。

上完香后，富塚环视了一下房间。守夜时狭窄拥挤的家里现在只剩下七个人。彼时寺院里满满摆放的花圈，以及熙熙攘攘的人潮都也不复存在。

"非常感谢。"

母亲和父亲朗声致谢，鞠躬施礼。两人放下水果篮，走出了佐野家。

秋收已过，空旷无物的农田一直延伸到山脚下。葬礼那天树上挂着的残叶，已经完全凋落了，光秃秃的树梢在初冬的晴空中泛着白光。

"啊，总之一切都结束了。"

坂井边走边说。

"够漫长的啊。"

"倒是长了不少见识。"

"不过还是有很多不明白的地方……"

"科学这么进步下去，以后又会怎么样呢？"

坂井用手撩起垂下来的长发，嘟哝着。

"问题还远未解决呢。"

说到这里，富塚回想起在神社里遇到的绢子那副冷若冰霜的笑容。

"我还是认为那是以医学的名义在杀人。"

"既可以说是，也可以说不是。"

"为什么呢？从各种证据来看，不是一目了然吗？"

"总有一天，历史会给出答案的。"

坂井和富塚穿过解了霜的黑土地朝国道走去。路上空无一人，也没有车过往。这地方原来这么安静，富塚回过头看了看这条正在迎接冬天的乡间道路。

"这是好消息，还是坏消息？"

坂井自言自语地说。

"无论怎么说，这都是糟糕的。"

"的确是这样。"

"失去的是两条人命呀……"

"两条人命啊……但这样一来，医学也许会有所进步。"

坂井竖起大衣领子说道。

"事到如今，坦率地说，我不这么想了。"

"如果认为这是坏消息，那么谁是受害者呢？"

"那两个人……"

说到这里富塚沉默下来。然后他突然一脸严肃地说：

"这些天我在想，重藤先生也是受害者。"

"是吗？"

坂井目视着前方说道。

"他，怎么说呢，是被宏大的科学，或者说是被自然科学的巨大魔性附身的受害者吧。"

富塚偷偷看了坂井一眼，觉得自己的这番说辞有些傲慢了。

"但是，科学这种东西真能让那样的人疯狂吗？"

坂井喃喃自语，两人走上了笔直延伸的国道，这是一条宽敞的柏油马路。

解说

　　《白色盛宴》原名《心脏移植》，最初发表于文艺春秋社《ALL读物》一九六九年一、二月号上。借此改版之际，加以增删，改为现名。这是渡边淳一先生充分运用自己曾为外科医生的经验和知识，通过日本首例心脏移植手术，以尖锐的手术刀切入人类的尊严和医学伦理写就的纪实性长篇小说，后入围第六十二届直木奖的候选作品。

　　一九六八年八月八日，在札幌医科大学进行的心脏移植手术，给当时日本人带来巨大的冲击。其原因之一是，心脏被认为是人的身体中枢，将其进行移植引起了是非之争。这不禁令人产生疑问，医学本应服务于人类，难道一味追求医学进步，就可以忽视人类的尊严吗？另外，传统的死亡定义是心脏停止跳动（心脏死亡），而脑死亡这一崭新的定义，令如何判定死亡成为了一个热门话题。加之对死亡判定时间的疑问，以及对医生决定进行手术的过程的疑问，不仅医学专家和法律专家，所有人都关注着实施手术的专家和田寿郎及他的团队，为其争论不休。可以说，与其说这次手术是医学事件，不如说其社会事件的色彩更浓一些。

当时渡边淳一先生是同一所大学内的整形外科讲师。在此之前他发表的小说已入围过芥川奖和直木奖的候选作品，作为一名崭露头角的新人作家，他开始受到关注。但当时他还没有彻底下定决心转行做职业作家。

这次手术的两个月前他完成了小说《双心》，作品以一台虚构的心脏移植手术为题材（收录入角川文库的《以妆为别》之中，后改编为电视连续剧《冬天的太阳》）。从南非开始，后来推广到全世界的同类手术引发了舆论界的关注，日本也不例外。

然而，好像在专门等待刊载《双心》的杂志上架一般，和田教授在那不久后就进行了他的手术。当时的实际场景跟书中描写的如出一辙，札幌医大里设置了临时记者室，几十名媒体人开始进进出出。为了准确理解和田教授团队发布的消息，记者们并没有去查阅医学教科书，而是争相传阅《双心》。

渡边先生理所当然地接受了他们关于移植手术提出的各种问题，并被征求了意见。"专业以外的事情，身为医生我不太想提及……"他时常跟我们同人杂志的同行们吐露内情，无意间成了有别于和田团队的医学评论家式的中心人物。

在这样的情况下，他考虑写一部深入探索事实关系的"纪实文学"，而非"小说"。耳闻目睹了当时的真实情况，包括报纸上的争论，他似乎强烈地意识到，出于心中的伦理道德意识，自己必须将之付之于笔，公之于世。

同时，心脏移植手术为他的文学创作提供了千载难逢的好素材，不仅如此，他还意外占据了得天独厚的"采访位置"。然而，写这部作品可能会被认为是内部告发，从当时的立场来看，他无疑会存有相当大的犹豫。但是，从医多年的过程使他逐渐失去了对医学这一神秘城堡的强烈眷恋，这使他最终下决心弃医从文。

"不，这不是与医学的诀别。准确地说，我以自己的方式写出了医学的真实状况，感觉自己比以前更接近医学了。"

渡边先生对为他的立场而担忧的文学界同仁们这样说道。

《白色盛宴》从心脏捐献者"溺死"到接受捐献的患者死亡为止，尽可能追踪事实关系的正确性，从这点来看是一部纪实文学作品。另一方面，从对主刀者重藤的心理、记者和护士的关系，以及患者父母和姐姐之间内容的展开描写来看，这又是一部小说。作者巧妙地贯通纪实文学和小说的边界，使之成为一部极具说服力的剧本。《白色盛宴》是他除了同人杂志时代的作品之外的第五部早期作品，从这部作品可以初窥作为叙事者的渡边淳一非同寻常的能力。如果继续读更多他的作品，你会发现，其魅力源泉的各种要素几乎都包含在这部《白色盛宴》中。从这一点看，这部作品在他的作品谱系中应该占据重要的地位。

另外，渡边淳一作品的魅力除了巧妙的人物刻画，还在于对医学和外科手术的逼真描写。

患者的胸骨上几乎没有肌肉。十厘米长的直线刀口切开后，直接露出了白白的胸骨骨膜。电动骨锯一启动，很快就将之竖向切断了。锯齿切割发出骨头烧焦的气味，助手用注射器往锯齿上喷洒灭菌水。锯齿穿过厚达一厘米半的胸骨，原本吱吱作响的电锯声一下子变得轻松下来。

对于这位十年来一直握着手术刀的作者而言，这是司空见惯的手术步骤，他只是用摒弃文学装饰的写实手法，云淡风轻地描绘出来而已。然而，对读者来说，这些内容令人震惊。因为其中充满了未知世界的色彩、气味和动作。作者说到"厚达一厘米半的胸骨"时，尽管自己抬手就可以隔着衣服触摸到自己的胸骨，但此刻读者还是会身临其境地感触到与自己截然不同的另一块活生生的胸骨。

外科手术，是除了医生和护士等少数特定人员以外，多数人几乎一辈子都无法窥视到的隐秘世界，既存在于现实之中，又远离读者的现实。渡边淳一先生将其暴露于光天化日之下。读者们都知道自己可能有一天也会作为患者躺到手术台上，因此才会更加迫切地对手术的步骤和方式诚惶诚恐地进行研读。

同时，读者通过阅读这些场景，似乎也有满足自己潜在的"残忍愿望"的一面。作者只是把手术写得非常逼真，并没有把残酷当作卖点。在引文里，作者的影子隐约显露的地方，应该是钢锯的声音变得"轻快"那个部分吧。"轻快"一词，让人再次意识到"作者是一位医生"。

渡边先生是因为深谙这样的描写既能满足读者窥视未知世界的求知欲，又可以满足读者本能的残酷欲望，所以才继续写所谓的医学小说的吗？如果是这样，读者就成了被他拉上医学小说这一心理手术台上的患者，在他的手术中被迅速地麻醉。

然而这里，在他作品背后支撑着的，是身为医生的那种冷静透彻的现实主义，是从不被伤感所遮蔽的透明视角捕捉人性存在的作家的姿态。

这部小说对渡边淳一先生本人来说应该是值得纪念的作品。因为以这部小说的发表为契机，他下定决心弃医从文，把自己的家从札幌搬到了东京。虽然当时他矢口否认这种说法，但有传闻说，大学内部对他施加了很大压力。不过通过这一作品，他反而强烈地意识到，医学本身可以成为作者宝贵的"财富"，在更深刻地捕捉人性存在这件事上，他认为，自己手中的笔比手术刀更合适。

对他弃医从文之举忧心忡忡的是在医大任教的河邨文一郎教授和渡边先生的家人。"这淘气小子又任着性子说话……"这让我想起了他的恩师那难以言喻的表情。

小说《心脏移植》发行的一九六九年三月，在札幌合并举行了发行庆祝会和欢送会。"渡边君，如果放弃作家梦，现在还来得及，至少目前论收入，医生要丰厚得多。"面对河邨教授别具一格的临别致辞，渡边毫不在意地放声大笑。

他背水一战，只身来到东京。后来，他写出了《光与影》，一部与"医学的本质"大相径庭的作品，故事中病历的放置顺序，决定了两个人一明一暗的人生道路。这部作品获得了直木奖，那是不到一年之后的事情。

一九七五年十月

朝仓贤

上架建议：日本·畅销·小说

ISBN 978-7-5736-2932-6

9 787573 629326 >

定价：49.00元